열일곱,
오늘도 괜찮기로 마음먹다

박하령 짧은 소설

열일곱, 오늘도 괜찮기로 마음먹다

my diary

해나의 다이어리

나를 만나는 황홀한 시간

어느 날 노크도 없이 문제들이 우르르 내 방으로 들어왔어. '자! 어디 나를 이겨 보시지?' 이런 표정으로는 각각 난이도가 다른 애들이 내 앞에 버티고 서 있더군. 난 잠시 고민해 봤지.

인생은 직진이라 후퇴할 수도 없으니 뭐든 해 봐야잖아? 친구한테 이야기하자니 보안 유지가 안 될 것 같고 그렇다고 포털에 물어봤자 뾰족한 답이 나오겠어? 그리고 엄마한테 의논하면 이렇게 말할 게 뻔해.

"해나, 그런 데 쓸 에너지를 지금은 건설적인 데 쓰면 어떨까?"

'모든 길은 로마로 통한다.'처럼, '답정맘'인 우리 엄마 말은 늘 하나로 이어지거든. '대학만 가면 모든 문제가 다 해결된다.'는 식이지. 그러니 지금은 경주마처럼 앞만 보고 돌진하라고 해. 마치 원하는 대학만 가면 새로운 세상이 쫙 펼쳐져 있고 어디든 날아다닐 것처럼 말이야. 하지만 걸어야 뛰기도 하고 그다음에 날 수도 있는 거 아닐까? 난 미래를 위해 현재를 통째로 유보한다는 건 건강한 미래를 만날 기회를 아예 원천적으로 봉쇄하는 아주 위험한 발상이라고 봐.

왜냐고? 건강한 현재가 있어야 미래로도 갈 수 있을 테니까. 어제 없는 현재가 없듯이 현재 없는 미래도 없는 거잖아?

난 어떻게든 저 문제들과 실랑이를 해야 해. 왜? 내 몫이니까. 내 방식대로 풀어야 하겠지? 엎어치기를 하든 메치기를 하든, 해볼 거야. 링 위에 올라선 권투 선수가 누구한테 대신 싸워달라고 할 수 없잖아?

내 몫이라고 생각하면 모든 게 아주 분명해져. 주먹을 뻗치든 가드를 올리든 전부 내가 하기에 달린 일이잖아? 그러려면 일단 나를 알아야 한다는 생각이 들었지. 자! 나를 알 수 있는 일이 뭐가 있을까? 그러다 책에서 이 구절을 발견했어.

글을 쓰는 단순한 행위가 생각을 정리하고
주위의 일들을 명확히 파악하도록 도와준다. (……)
글에는 힘이 있다.

– 『마크툽』, 파울로 코엘료

맞아! 그거야. 찰흙을 빚어 무언가를 만들어 내듯이, 글을 써서 나를 빚어내는 거야. 일기 안에 담겨진 나를 내가 한 발짝 떨어져 바라보면 생각이 명료해질 거야. 있잖아, 분명한 것들에는 힘이 있거든! 그래서 일기를 쓰기로 작정했지. 내 마음을 읽어내고 글로 적고 오답 체크를 하듯이 나를 들여다보면서 단련해 보는 거지. 건강한 몸을 만들기 위해 매일 줄넘기로 기초 체력을 단련하듯이 말이야. 그래, 이건 일종의 내 '마음 단련 일기'라고 볼 수 있어. 마음이 하는 줄넘기랄까?

어디서 들은 말인데, 사람은 살아 있는 동안 끊임없이 문제와 마주치게 되어 있대. 마치 바닷가에 파도가 계속 밀려오듯이 말이야. 우리가 밀려오는 파도를 막을 수는 없지만 파도 타는 법을 배우면 잘 넘길 수 있듯이, 우리에게 오는 문제도 잘 풀어낼 수 있게 훈련하면 되는 거지.

그러려면 먼저 나라는 사람을 독파해야잖아? '적을 알고 나를 알면 백전백승'이라는 말이 있듯이, 나를 알면 무엇이 적인지, 내가 할 수 있는 게 뭔지 나만의 방식도 터득하게 될 거야.

인생 최대의 과제는 자기를 발견하는 거라니까. 지금부터 나는 나를 만나는 황홀한 시간을 마련할 거야. 내 마음 단련 일기에 건투를 빌어 줘!

오! 마이 쏘~~ 스위트하고 딜리셔스한 다이어리.

2023년 여름날

박해나

6월 8일

살면서 나한테 문제가 있다는 생각은 거의 안 했다. 성적도 그럭저럭, 외모도 이 정도면 뭐~. 거울을 보면서 딱히 거슬리는 부분은 없었으니까. 물론 종아리가 좀 통통해졌으면 하지만 그건 시간이 지나면 변하는 일이니 패스! 성격도 비교적 원만한 편이라 새 학기에 신경전을 오래 벌이지 않아도 늘 자연스럽게 친구를 사귄다. 유머도 좀 있고, 적어도 분위기를 홀딱 깨는 그런 행동은 안 하니까. 대인 관계 지능이 높은 편이랄까?

이쯤 되면 나더러 자뻑이라고 할지도? 하지만 난 인간이 직립 보행을 하려면 최소한의 자뻑은 필요하다고 생각한다. 자기 자신을 긍정해야 걸을 힘도 생기고 또 뭐든 도전해 볼 용기도 생길 테니까. 버스 타려면 돈이 있어야 하듯이 무슨 일에든 내 안에서 꺼내 쓸 에너지가 필요하다. 그런데 자기 자신을 부정하고 걱정하고 두려움에 발목이 잡힌 채로 움찔거리는 데 에너지를 쓴다면 뭐가 남겠냔 말이다. 그러니 스스로를 북돋아 줘야 한다고 생각한다. 그렇다고 내가 애들 앞에서 대놓고 잘난 척을 하진 않는다. 그건 공격을 부르는 미련한 짓이다. 자뻑의 진정한 목적은 온전한 자기만족에 있으니까.

아! 그런데 요 며칠 금이 간 유리컵이 된 기분이다. 미세한 금 위로 송글송글 방울이 맺히면서 서서히 내용물이 새 나가듯이 내 안의 무언가가 없어지고 그 자리에 스멀스멀 이물질이 들어왔다.

#자뻑의진정한목적은자기만족
#금가는소리 #이물질의등장

6월 10일

이물질의 습격, 완전 당황스럽다. 처음엔 몰래 오는 눈처럼 소리 없이 스며드는가 싶더니 곧 도드라지기 시작했다. 마치 습자지 위로 휙 번지는 잉크처럼 선명하고 존재감 있게, 명분이 뚜렷한 점령군처럼 보무도 당당히 '저벅저벅' 들어와 내 마음을 장악했다. 내 마음의 주인이 더는 내가 아닌 상태랄까? (어이없다!!)

그 애를 처음 본 건 지난주 마을버스에서다. 학교 후문 쪽에서 버스를 탄 나는 뒷자리에 앉았고 그 앤 정문에서 타 앞쪽에 서 있었다. 앉은 애나 서 있는 애나 모두들 휴대폰 보는 마법에 걸린 듯 고개를 숙이고 있었는데 폰을 보지 않던 우리 둘만 두리번거리다 눈이 마주쳤다. 머쓱해서 나도 모르게 웃었고 그 애도 엉겁결에 나를 따라 미세하게 웃은 것 같다. 아니, 실룩였다고 해야 하나? 어쨌거나 내 마음엔 파동이 긴 징이 울렸다. 징~~~.

그러고는 딱 사흘 뒤 체육 시간, 느닷없는 합반 수업으로 줄넘기를 돌리는데 바로 그 애가 바로 내 코앞에서 뛰고 있었다. (헉! 깜놀!) 처음엔 등 돌린 채였는데 '꼬마야 꼬마야, 뒤를 돌아라.'라는 구호에 운명처럼 마주 보게 되었다. 뭐냐고! 내 심장 소리를 그렇게 리얼하게 들어 보긴 난생처음이었다. 거의 천둥 소리. 아무나 발이 걸려서 끝나길 바랐건만 이상하게도 걔네 팀은

숙련된 펭귄들처럼 정말 오래도 뛰었다. 하얀 바탕에 파란 소매 체육복에 붙은 그 애 이름이 내게 말을 거는 듯했다.

'안녕! 난 서이든이야.'

내게 말을 걸지도, 의미 있는 미소를 날리지도 않았고 그저 뛰기만 했을 뿐인데 나 혼자 이렇게 물들다니……. 자극 없는 반응? 어떻게 이렇게 비과학적일 수가 있담! 제 맘대로 내 마음 속으로 날아와 기어이 파아란 싹을 틔우는 민들레 홀씨 같달까? 넋이 나간 채 허방을 밟는 기분으로 간신히 집에 오니 엄마가 "너 얼굴이 왜 그래? 친구랑 싸웠니?" 이런다. 그러게. 멀뚱하니 서 있다가 아~무 이유 없이 한 대 호되게 맞은, 딱! 그 기분이다.

어떤 종류의 기억은 애써 되새기지 않아도 각인되곤 한다. 마치 조각도로 깊이 새겨진 무엇처럼. 게다가 플레이 버튼을 누르지 않아도 머릿속에서 자동 재생이 무한 반복된다. 내 의지 따위는 개무시한 채 반복 반복 또 반복……. 그러다 편집까지 한다. (얼씨구?) 악마의 편집처럼 소프트한 음악이 덧입혀지거나 더러는 별이 비처럼 내리고 조명까지 쏘고 심지어 현실 속 내용마저 무분별하게 왜곡한다. (미쳤다!) 마을버스 안 그 애가 윙크를 하고, 분명 나보다 키가 두 뼘은 더 큰데도 바로 내 코앞에서 해맑게 웃고 있고, 줄넘기를 하는 그 애의 머리카락은 더없이 상쾌하게 나풀거리고. (6월 한낮이면 머리카락이 땀에 절어야 정상 아냐?) 앞뒤가 하나도 안 맞는다.

그러다 급기야 꿈까지 꾸는데 그 애가 콩콩 줄넘기하듯 뛰며 내게 말을 한다. 한 박자 쉬고 '나는', 쉬고 튀어 올라 '네가', 쉬고 튀어 올라 '좋아'.

악! 무책임한 꿈, 대체 꿈은 누구 책임인 거야?

#이물질의습격 #내마음의주인이바뀌다니 #미쳤다 #꿈은누구책임

6월 13일

종일 한숨을 뿜었다. 500년 정도는 산 사람이 뱉어 낼 만한 그런 한숨? 급기야 내 짝 주희가 "고민 있음?" 했지만 "놉!" 하고 딱 잡아뗐다. "있는데 없다고 하는 거 아님!" 주희가 말했지만 대꾸할 수 없었다. 왜냐, 양주희는 호기심 천국에 오지랖까라 비누거품처럼 바글바글 애들 이야기를 쏟아 내는 스타일이다. 절대 내 이야기라고 예외가 될 리 없을 테니까.

앞뒤가 맞지 않는 감정에 엉켜서 꼼짝달싹 못 하고 있는 내가 정말 싫다. 이든이가 보고 싶지만 마주칠까 두려워서 화장실도 최소한만 다녔다. (아이러니하게도 보고 싶은데 만나고 싶지 않은?) 와! 대체 언제까지 이래야 하는 거지? 괴로워하고 있는데 양주희가 아주 인상적인 말을 뱉어 냈다.

"박해나! 고민은 밖으로 털어 내야 동사가 돼. 알아?"

"동사?"

"응. 움직인다는 건 변화하는 거고 변화하는 건 어떤 식으로든 해결점을 향해 가는 거니까!"

순간, 머릿속 창문이 열리고 시원한 바람이 휘~ 불더니 바로 실시간으로 영상 지원이 된다. '올챙이 모습을 한 고민이 꼬리를 움직이며 유연하게 헤엄치는 모습.' 맞아, 그거야! 지난 며칠 동

안 내 안에 웅크리고 있던 그 감정에 꼬리를 붙여 줘야겠어.

사실 '이물질의 습격'이라는 표현은 적절치 않다. 왜냐? 서이든이 한 일은 아무것도 없으니까. 비유하자면 그 애가 던지지도 않은 공을 나 혼자 들고 버거워하는 거다. 힘들어 쩔쩔매는 거 말고 할 수 있는 다른 일이 있을 거다. 어찌 되었든 공은 탄생했고 누가 줬든 안 줬든 이미 내 손에 쥐어진 게 팩트니까.

그렇다면 그 공을 어떻게 해야 할지를 결정해야 한다. 감춘다고 없어지는 게 아니라면 한숨 쉬고 눈치 보느라 화장실도 못 가고 급식까지 거르는 건 자해일 뿐이다. 주희 말대로 난 이 감정을 동사로 만들어야겠다. 어떡하든 건강하게 살아 움직이게 해야지. 누구를 좋아하는 감정이 나쁜 일은 아니잖아?

#공의탄생 #내손의공 #보고싶은데마주치고싶지않은아이러니
#이감정을동사로만들자 #꼬리는움직인다 #나쁜일아닌데왜못해

6월 15일

아침에 세면대로 물이 빨려 내려가는 모습을 보면서 "move!" 하고 소리쳤다. 변기 물을 내릴 때도, 마을버스가 출발할 때도 "move!" 하고 외쳤다. 내 눈에 보이는 모든 것을 다 내 의지대로 굴리겠다는 자신감에 잠시 들떴다. (마술 지팡이라도 쥔 기분?)

하지만 막상 학교에 오니 의기소침해지고 막막했다. 이든이가 같은 반이라면 어떻게든 말이라도 붙여 보겠지만 다른 반이니 완전 속수무책이다. 게다가 5반은 한 층 위다.

그렇다면 그 애와의 접점을 찾는 게 먼저일 것 같아 교실 뒤쪽 사물함에 굴러다니던 교지를 뒤적거렸다. 각 반 단체 사진이 실렸던 게 생각났으니까. 훑어보니 안타깝게도 5반엔 아는 애도, 그 흔한 중학교 동창도 하나 없다. 그런데 이든이 머리 위에 누가 볼펜으로 별표를 해 놓은 게 눈에 띄었다. 순간, 내 마음의

착시인가? 했지만, 그건 분명한 낙서였다.

뭐지? 교지 앞뒤를 뒤져도 주인 이름 따위는 없었다. 교지를 신줏단지 모시듯 하는 애는 없으니까. 그러다 또 하나, 편집 후기 아래 교지 편집부 단체 사진 속에 이든이가 있는 걸 발견했다. (와! 교지 편집부야? 지적이기까지?) 그런데 희한하게도 이든이 어깨에 손을 얹은 여자아이 얼굴에 엑스 자가 심하게 그어져 있었다. 흔한 낙서라고 해도 감정은 읽히기 마련, 그건 분노의 엑스 자가 분명했다.

난 또다시 누구 교지인지 궁금했지만 사실 책 주인이 그 낙서를 했으리라는 보장은 없으니까. 내가 교지를 너무 오래 들여다봐서일까? 양주희가 고개를 디밀더니 뜬금없는 말을 뱉었다. (감정 이입 쩐다. 사진에 대고 말하다니…….)

"서이든 바~보!"

처음엔 '얘가 뭘 아나?' 하고 깜놀했지만 설마! 하며 물었다.

"방금 뭐램?"

그러자 아주 평온한 얼굴로 "서이든 바보!"라고 재창한다. 순간, 온갖 생각이 교차했다. 사전적 의미의 '바보'인지, 아니면 '바라볼수록 보고 싶다.'의 약어인지? 도대체! 네가? 왜! 그딴 말을?

최대한 포커페이스를 유지한 채 물었다. 마치 태어나서 처음

듣는 이름인 양.

"서이든이 사람 이름이야? 짱 웃겨! 근데 왜 바보?"

"바~보라서 바보야."

헐! 설렘과 아쉬움, 절절함이 믹스된 말투와 표정만으로 다 알 것 같았다. 싸한 느낌이 내 온몸을 감싸면서 양주희가 내 순수의 연못에 돌을 던진 파렴치한 침입자처럼 여겨졌다. 하지만 섣불리 따질 수는 없었다. 혼란스럽기 이를 데 없는 이 마당에 함부로 나를 털어 낼 수는 없으니까.

"오홍~, 귀하의 짝남이셔?"

"야! 넌 어떻게 그걸 모를 수가 있어? 5만 년 된 일이고 온 우주가 아는 사실을 몰랐다니 당황스럽네."

화들짝 놀라는 표정까지 곁들인 주희의 말에 솔직히 내가 더 놀랐지만, 이내 평정을 찾고 다시 물었다.

"그럼 이 분노의 낙서는 네 작품?"

"아~니! 근데 이러고 싶은 애들이 울 학교에 한 트럭일걸?"

허거걱! 정말 기가 막히고 코가 막히는 일이다. 서이든이 인싸였어? 왜 난 몰랐던 거지? 그럼 나는 한 트럭이나 되는 애들 뒤에 서서 서성거려야 함? 줄 서는 건 내 취향이 아닌데……. 완전, 시작도 하기 전에 종 친 기분이다. 이런 걸 '0고백 1차임'이라고 하지 않나?

황당해서 입이 안 닫힐 지경인데 주희가 교지를 낚아채며 말했다.

"이 교지는 압수!"

사실 그 교지는 내가 간직할 요량이었는데 입도 못 떼고 뺏겼다. 감정의 출생 순서로 따지자면 주희가 나보다는 먼저일 테니까. 선점이 이렇게 무서운 거라니! 하긴 애초에 내가 서이든이 사람 이름이냐고 뻥치는 게 아니었는데…….

#move #서이든바보 #줄서는건내취향아님 #0고백1차임 #감정의출생순서
#선점에당하다니 #뻥친대가

6월 19일

서이든이 인싸라는 사실은 여러모로 달갑지 않다. '그만큼 멋지다는 증거'랄 수 있겠지만 나에게 객관적 멋짐 따위는 중요하지 않다. 난 그 애가 이러저러해서 좋아하는 게 아니라, 내 맘에 들어왔기 때문에 좋아하는 거니까. 게다가 이 애 저 애 따라 덩달아 좋아하는 듯한 그런 모양새도 싫고. 또 숱한 아이들 뒤에 서서 까치발을 하며 고개를 빼는 그런 짝사랑은 더더욱 원치 않는다. 물론 이든이를 향한 내 마음의 바람개비는 아직도 정신없이 고장 난 것처럼 미친 듯이 돌고 있지만, 가능하다면 멈추고 싶다.(고장수리 접수하는 데, 어디 없나?)

그리고 또 하나, 솔직히 양주희 때문에라도 포기하고 싶다. 교지를 보면서 나와 감정을 공유한 뒤로는 터진 봇물처럼 이든이 얘기를 계속 떠들어 댄다. 뺑친 대가로 난 입도 뻥끗 못 한 채,

선점자의 짝사랑 이야기를 들어야만 하는 곤혹스러운 지경에 빠져 있어야 했다. 기침과 사랑은 감추지 못하는 거라며 어찌나 말이 많은지 귀에서 피가 날 지경이다.

물론 덕분에 많은 걸 알았다. 이든이의 출신 학교, 교우 관계, 사는 곳, 성격, 혈액형에 게임 취향, 식성까지. (대체 그런 건 어떻게 아는 거야? 연예인 팬클럽이라면 그런 정보를 공유한다지만.) 심지어 이든이의 MBTI 유형에 잘 먹히는 대화법까지 분석해서 읊어 댄다. 내가 애써 알아내려고 할 필요도 없이 가만히 앉아 있으면 저절로 입에 들어오는 공짜 밥 같아서 처음엔 개이득! 했는데 요샌 약간 불안하다. 서서히 덫에 걸리는 기분이랄까?

왜냐하면 들으면 들을수록 이든이를 포기하는 쪽보다는 반대 방향으로 가고 있는 나를 발견하니까. 재미없는 드라마도 한두 번 보고 나면 뒷이야기가 궁금해져서 자꾸 보게 되듯이, 주희에게 들은 이든이에 관한 기초 배경지식은 단단한 벽돌처럼 쌓여서 튼실한 골조를 이뤄 아예 내 안에 이든이라는 성이 세워졌다. '어? 이쯤 되면 서이든에게 도전해 봐도 되겠는데?' 이런 야심이 쑥쑥 자랄 정도로.

그런데 문제는 그와 동시에 내가 주희와 친해지고 있다는 사실이다. 전엔 내 취향이 아니어서 짝 이상으로는 절대 가까워지지 않을 작정이었는데, 요사이 이든이 이야기에 귀를 세우고 마음까지 모아 듣다 보니 엉겁결에 주희의 마음까지 읽히면서 차츰 우정이라는 게 생겼다. 취향과 상관없이 인간을 향한 기본적인 애정 같은 게 무늬처럼 새겨지는 기분이랄까? 강렬하지 않아도 절대 무시할 수 없는 인간애 같은 그런……. (물론 같이 보내는 시간이 전보다 많아져서 더 그럴 거다.)

서로 배치되는 두 마음이 내 안에 둥지를 틀었으니, 덫에 걸린 기분이랄밖에. 이든이를 좋아하면 주희를 배신하는 셈이니 이든이를 포기하든가 주희와 친해지지 말든가 둘 중 하나를 해야 한다. 하지만 다른 한편으로 어차피 주희나 나나 원거리에서 인싸를 바라보는 익명의 존재일 뿐이라고 생각하면, 딱히 걱정할 필요는 없단 생각도 든다. 설마 내가 사랑과 우정 사이에 서 있어야 하는 비극적 존재가 되겠어?

#짝사랑따위를내가? #가능하다면멈추고싶어 #덫에걸린기분
#배치되는두마음 #사랑과우정사이 #둘중하나만_둘다는안되는걸까

6월 22일

주희는 웹툰 작가가 꿈이다. 틈만 나면, 아니 그 정도가 아니라 닥치는 대로 그림을 그려서 내가 '여백 킬러'라고 부를 정도다. 필통, 실내화, 에코백, 교과서 여백에도 캐릭터가 너덜너덜하게 매달려 있고 사람 그림 옆엔 무조건 말풍선을 그려 넣는다. 우연히 웹툰 작가 관련 기사를 봤는데 뼈를 갈아 넣어야 할 만큼 힘들다길래 그냥 이모티콘 작가가 되는 게 어떻겠냐고 말해 줬다. 사실 양주희가 엉덩이가 무거운 캐릭터는 절대 아니니까. 그랬더니 앞으론 웹툰 AI페인터가 역할을 톡톡히 하는 세상이 오니까 걱정 말라면서, 그 말끝에 느닷없이 웬 노트를 흔들며 배시시 웃었다.

이든이가 블로그에 쓴 단편 소설을 자기가 웹툰으로 재구성해서 그렸다고 이든이한테 같이 가 달란다. (뭐야, 서이든이 단편 소설까지? 아주 멋있으려고 작정을 했구먼!)

"어쩔라고?"

"어쩌긴? 보여 줘야지."

완전 당황! 이렇게 바로 실전에 투입되리라곤 생각 못 했다. 아직 난 정체성이 불분명한 상태다. 내 마음에 있는 이든이의 존재를 말해야 할지 말지도 못 정했다. 그러므로 주희와 동행할 때 난 철저히 조연으로만 존재해야 하는 건지, 아니면 또 다른 주연으로 나서야 할지 정해지지 않은 터라 순간적으로 둘러댔다.

"아~. 내일 과외 보충이 있긴 한데……."

밤새 고민을 했다.

'이쯤에서 털어놓을까? 주희가 그린 웹툰을 이든이에게 보여 준다는 건 일종의 프러포즈인데, 그걸 뻔히 알면서 난 아닌 척한다는 건 배신 아닐까? 아니, 아니지. 그러니까 더더욱 말하면 안 되는 거 아닌가? 그 이야길 하면 주희와 난 어색해질 테고, 아마 자기 혼자 가겠다고 하겠지. 그리고 그다음엔? 절교를 하려나? 하루 중 3분의 2를 같이 지내는 우리가 완전 어색한 채로 어떻게 지내? 아니지, 주희와 이든이가 내일부터 사귀는 것도 아닌데 굳이 지금 내 이야기를 할 필요가 뭐 있겠어?' 등등.

아무튼 이 일은 정답이 있는 일이 아니어서 한없이 블랙홀로

빠지는 기분이었다. 어떡하지? 마치 엉클어진 서랍 속을 한참
들여다보다 대책 없어서 그냥 닫아 버리듯이 난 '패스'를 외쳤
다. 될 대로 되라 식의 패스!

"설마, 뭔 일이 있겠어?"

#나의정체성 #엉클어진서랍속 #일단패스 #무책임한될대로되라

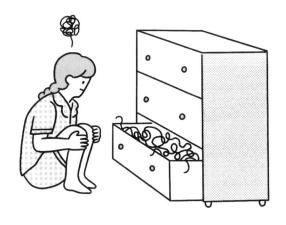

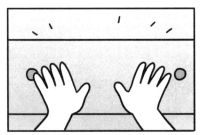

6월 26일

아주 오래전 이런 상상을 잠깐 한 적이 있다. '설마'는 어떻게 생겼을까? 무섭게 생겼겠지? 힘도 셀 거야. 그러니까 사람도 잡겠지? 정말이지 '설마가 사람 잡는다.'는 속담은 괜한 말이 아니다. 내 상상대로 설마에게 우리가 잡혔다. 아무도 전혀 예상치 못한 일이 생겼으니까. (그런데 '설마'가 궁극적으로 잡으려는 게 누구인지는 아직도 잘 모르겠다. 아무튼!)

23일 밤, 학원 앞에 진을 치고 있는 학원 버스 3호차와 4호차 사이에서 주희는 이든이에게 노트를 건넸다. 간신히! 교실에서의 그 무지막지한 수다 실력은 어디다 버렸는지 주희는 입도 못 떼고 움찔거리기만 하다가 학원 버스 출발 직전에 허겁지겁 "네 소설 그렸어. 함 봐."라며 이든이 가방 옆구리 망주머니에 노트를 찔러 넣었다. 그러고는 내빼듯이 주희가 내 쪽으로 달려왔다.

그때 난 동시에 두 가지 광경을 보게 되었다. 주희의 발개진 뺨과, 이든이가 학원 버스에 올라탈 때 뒤에 타는 애가 이든이 가방을 잡아당기는 바람에 주희의 노트가 떨어지는 설 목격한 것이다. 내가 "어어!" 하는 사이에 학원 버스 문은 닫혔고, 주희는 내게 달려와 내 팔과 몸통을 사정없이 흔들어 대며 호들갑을 떨었다. (노트가 버스 밖으로 떨어진 건 아니니까 당연히 안에서 주웠겠지 했다.)

"아, 몰라 몰라 몰라아아앙! 화살이 갔어."

주희의 호들갑에 내 온몸이 후들리면서 머릿속으로는 '넌 좋겠다.'라는 생각을 한 것 같다. 그리고 '네가 고백했으니 난 기회가 없는 거니?' 이런 서글픔도 질겅질겅 씹으며. 하지만 어차피 난 양주희의 친구로 온 거라 주희의 '고백 후 설렘'에 동참해야 했다. 아니, 동참하는 척해야 했다. (웃어도 웃는 게 아님.)

그러고 나서 이틀 동안 주희는 "왜 답이 없지?" 하며 안달복달했다. (사랑을 하면 약자가 된다더니……. 처절해 보였다.) 난 기다려 보라고 위로는 했지만 사실 속으로는 이든이에게 답이 올까 봐 불안했고 동시에 한편으론 아무 답이 없다는 것도 신경 쓰였다. 전자는 답이 와서 둘이 사귀게 될까 봐서였고, 후자는 죄책감을 동반하는 불안감 때문인데, (왜냐하면 그날 노트가 떨어지는 걸 난 봤으니까.) 분실돼서 아무 연락이 안 오는 걸지도 모른다고 생각하니 그것 또한 괴로웠다.

　당연히 "주웠겠지." 했지만 솔직히 말하자면 아닐 수도 있다는 가능성을 난 의도적으로 방치했다. 아니, 난 처음부터 나 자신에게 '넌 봤지만 못 본 거야.' 이랬던 것 같다. 사실 난 주희에게 샘이 났다. 이든이에게 보여 줄 그림이 있다는 것만으로도.

그건 뭐라 설명하기 힘든 시샘인데, 어찌나 강렬한지 마치 마음 한구석을 면도날로 싸악 도려내는 듯한 아픔이었다. 얼얼할 정도로. 그러지 말아야지 하고 자제해도 쉽게 누그러지지 않는 시샘. 주희가 나보다 어필할 수 있는 재능이 있다는 사실에 열패감도 느꼈다. 솔직히 말해서, 난 이런 계산까지 했었다.

'이든이가 노트를 찾지 않아서 못 본 거라면 그건 둘의 운명이 거기까지인 거지.'

그러나 연락이 없다며 세상 끝난 것처럼 책상 위에 엎어져 있는 주희를 보자니 또! 불편했다. (우, 씨! 인간은 모순으로 점철된 존재라더니…….) 죄책감도 들고 무엇보다 나 자신에게 창피했다. 친구로서 동행하고는 속으로는 망하길 바라다니……. '위선자'라는 글자가 내 머리 위에 떠서 사라지지 않았다.

그래서 학원으로 갔다. 위선자가 되고 싶진 않았으니까. (일기를 쓴 뒤로는 일기 거울에 내 모습이 비쳐서 잘못을 덜하게 되는 기분이다.) 떨어진 노트 이야기를 지금 새삼스럽게 말하면 주희에게 원망만 들을 테니, 그건 접고 바로 행동으로 들어갔다. 유추하건대, 만약 이든이가 노트를 안 주웠다면 그건 분명 학원 분실물 상자 안에 있으리라. 확인차 가 보니 역시 내 추측이 맞았다. 난 학원 분실물 상자 안에서 엄마 잃은 아이처럼 처박혀 있던 주희의 노트를 찾아 이든이네 교실 맨 뒷자리 아이에게 전달을 부탁

했다.

겁나 떨렸지만 노트를 전달할 때까진 최대한 나라는 존재를 잊기로 했다. '난 배달원일 뿐이다.' 이렇게 세뇌하면서. 그러고는 숨어서 노트가 전달되는 걸 보고 바로 나왔다. 확인 사살용 배달을 하고 나니 이제 더는 죄책감을 느낄 필요가 없어서 완전 홀가분해졌다.

그런데 무슨 운명의 장난인지 그 홀가분함은 딱! 집에 갈 때까지만이었다. 저녁도 먹기 전에 다시 복잡한 마음에 빠져야 했으니까. 정체불명의 톡이 왔기 때문이다.

> 박해나, 우리 만나자.
> 누구?

잽싸게 톡 대문을 뒤졌다. 국을 푸던 중이라 한 손으로 폰을 밀다 너무 놀라서 하마터면 국 냄비에 폰을 빠뜨릴 뻔했다. 서이 든이었다.

'얘가 왜?'

수저가 입으로 조준이 안 될 정도로 떨렸다. 좋아서 떨리고 또 찜찜하기도 했다. 오해가 생긴 것 같아서다. 그래도 본능적으로 나를 지배하는 주 감정은 설렘이었다. 언젠가 내 꿈속의 '제

맘대로 편집 영상'이 다시 돌기 시작했다. 내 코앞에서 뛰던 서이든의 얼굴도 보이고……

　대체 내 이름과 번호는 어떻게 알았지? 학원에서 날 봤나? 서론도 없이 느닷없이 만나자니? '만날래?'도 아니고 '만나자.' 잖아? 이런 돌진, 멋있어! 어쩜 좋아?

　그래도 한 호흡 쉬고 이성적으로 총정리를 해 봤다.

　'뭔가 착오가 있는 게 아닐까? 하지만 톡 대문엔 분명 내 사진이 걸려 있고 '박해나'라고 썼으니 주희랑 나를 착각한 건 아닐 텐데……. 그렇다면 혹시 노트에 주희 이름이 없었나? 아니, 분명 이름과 전번이 적힌 쪽지가 있었어. 어쩜 그게 떨어졌는지 몰라.'

　여러 정황으로 미루어 짐작건대 노트의 주인을 착각한 거란 결론이 섰다.

　이게 꿈이라면 빨리 깨는 게 경제적이야.

　그래서 톡에 최대한 짧고 드라이하게 답했다.

　나 아님. 노트 주인은 양주희.

　그리고 주희의 전번도 남겼다. 곧 답이 왔다.

> *너, 맞음. 박해나.*
> *난, 그날, 네 앞에서 뛰던 서이든.*

'나와 너'를 그리고 '그날'을 꼭 상기시켜 주는 센스~. 매력 쩐다. 어디선가 청량한 바람이 불어오고 새로운 세계의 문이 활짝 열리는 기분이 들었다. 마치『나니아 연대기』에서 주인공 루시가 옷장 문을 열자, 나니아 세계로 가는 세상이 비현실적으로 확 펼쳐졌듯이 그렇게. 정말 아찔했다.

#설마는누굴 #일기거울
#더이상위선자아님 #주감정은설렘 #그날기억해 #아찔한새로운세계

6월 28일

인생은 좋아하는 맛, 싫어하는 맛이 다 들어 있는 사탕 통 같은 거라더니 맞는 말인 듯! 새로운 세계에서 만난 이든이와 나는 체리 맛 나는 시간을 보냈다. (아직 직접 만나지는 않았지만 원래 만남은 마음이 먼저 시작하는 거니까.) 새콤달콤에 청량한 신맛까지 도는 그런 맛.

하지만 그에 버금가는 걱정도 페퍼민트 맛으로 존재했다. 그건 주희와 나 사이에 흐르는 시퍼런 비밀의 강 때문이다. 이젠 전처럼 편하게 수다를 떨기도 힘들고 눈을 마주치기도 불편했다. 물론! 계속 감출 속셈은 아니다. 다만 언제 어떻게 말해야 좋을지 망설이는 중이다.

아! 주희의 노트 문제는 해결되었다. 이든이가 문자를 보내왔단다. 아주 잘 봤다고. 웹툰 작가가 될 소질이 보인다고 칭찬하고 감탄사에 느낌표 세 개나 붙여서 보냈지만 딱 거기까지였다고. 지나치게 예의 바른 정중한 말투도, 또 톡이 아닌 문자로 보내온 것도 완전 짱 나게 거슬린다며 주희는 크게 실망했다.

"누가 달을 보래? 그게 초점이 아니잖아? 달을 핑계 대는 내 마음, 몰라? 저능아야? 그래, 됐다 그래!"

그 와중에 웹툰을 달에 비유해 가면서 툴툴댔다. (이든이 앞만 아니라면 주희는 정말 말을 잘한다.) "혹시 쑥스러워서 만나자고 못 하나?"라고도 했지만 내게 보낸 이든이의 저돌적인 톡을 떠올리며 난 눈만 깜빡였다.

이런 비밀, 정말 위험한 거 나도 안다. 하지만 나도 괴롭다. 좋아하는 남자애가 고백해 온, 어찌 보면 내 인생에서 가장 찬란해야 할 이 시기에 대놓고 기뻐하지도, 자랑질도 못 하는 이 비극적인 현실이 너무 가혹하니까. 망친 성적표를 감춰 놓고 엄마를 볼 때마다 조마조마하던 것처럼 주희 앞에서 내내 불편했다. 폭탄을 안고 학교에 가는 기분이랄까?

매점에 갔을 때나 급식실에서 저 멀리 이든이를 발견하면 종류가 다른 두 가지 이유로 가슴이 뛰었다. 좋아서 그리고 뽀록날까 겁나서. 왜냐면 그때마다 주희가 "이쪽 보는 거 봤지?" 하며 호들갑을 떨었기 때문이다. 심지어 "짜식, 만나잔 말을 왜 못 해?" 이렇게 대놓고 오버도 했다. '너 아니고 나'라고 말할 수는 없으니, 봤느냐는 말에 늘 못 봤다고 도리질을 칠 수밖에. 끝내는 주희가 내게 시력 검사를 해 보라고 했다.

솔직히 괴롭기만 한 건 아니다. 잔인한 성취감 같은 것도 있었다. 주희의 재능을 상쇄할 수 있는 무언가가 내게 생긴 기분이 들었으니까. '너 아니고 나'라는 데서 오는 자부심이랄까? 이제야 하는 말이지만 사실 주희에겐 웹툰을 잘 그리는 재능 말고 또 다른 능력이 있다. 누구는 "기지가 번뜩이는 애"라고 표현했고, 사회 샘은 수업 시간에 공공연히 "양주희, 문제 해결 능력 짱!" 이랬다. 조별 과제 때문에 의견이 분분할 때 주희가 그럴싸한 제안을 했기 때문이다.

언젠가 나한테 고민을 동사로 만들라고 한 말도 그런 거다. 적재적소에 말을 잘 배치한달까? 졸린 수업 중엔 분위기를 순식간에 '업' 시킬 만한 말을 던져 급반전을 시키는 재주와 리더십도 있다. 그래서 반에서 인기가 장난 아니다. 하지만 나는 주희의 그런 능력이 오지랖으로 보여 거슬렸다. 그래서 내 취향이 아니라며 주희를 무시해 왔었다. 그런데 이번에 깨달았다. 사실은 주희가 샘났던 거다. 그래서 배가 아팠는데 그런 감정이 이든이로 인해 해소된 것 같았다. '너 말고 나'로. (샘내는 건 나쁜 짓이 아니라고 누군가 말해 줬음 좋겠다.)

깊은 밤 이든이와 톡으로 수다를 떠는 시간엔 주희는 안중에도 없었다. 아직 우린 만나기 전이라 일상의 사소한 이야기로 일관했지만 넘 좋았다. 오로지 나에게 집중하는 누군가로 인해 내가 꽃이 된 기분, '으싸싸' 했다. 꽃이 된 채로 거울을 볼 때의 그 포만감 역시 달콤했다. 한 번도 들어가 보지 못한 낯선 세계로 초대받은 듯한 황홀감. 이건 꿈이어야 가능한 일일 것 같은데 절대 꿈이 아닌 현실. '대체 이건 누구한테 감사해야 하는 거야?' 하는 마음에 괜스레 세상 모든 일이 다 아름답게 그리고 너그럽게만 보이는 시간.

다만······. 아침에 교실에 들어서면 미해결 과제인 주희가 걸렸다. 무시할 수 없는 방지턱 같아 피하고 싶은 마음뿐이었다. '내가 왜 주희와 친구가 됐지?' 이런 어이없고 황당한 생각까지 들었다. (쪽팔리지만 과거로 돌아가 주희와 이든이 이야기를 나눴던 대목을 지우는 상상도 했다.) 그래서 얘기해야지, 해야지 하면서도 자꾸 뒤로 뒤로 미뤘다. 어차피 기말고사를 앞두고 있으니, 그래서 패스! 이든이와도 시험 끝나고 만나기로 했으니, 그래서 뒤로 패스! 아무튼 패스!

#너아니고나 #꽃이된기분 # 꿈아니야
#잔인한성취감 #미해결과제 #뒤로패스

6월 30일

시험 때문에 신경이 바늘 끝처럼 곤두서 있다. 어제와 오늘 주요 과목 영수는 망쳤지만 주말에 벼락치기를 하면 사탐이랑 국어는 구제 가능할 거 같아서 오후에 독서실 갈 생각으로 잠깐 쉬고 있었다. 교복도 갈아입지 않은 채 소파에 누워 버둥거리고 있는데 주희에게서 전화가 왔다. 그것도 뜬금없이 영상 통화로. 처음엔 잘못 걸린 줄? 화면에 버스가 보이고 사람들 다리랑 가방이랑 엉망이었으니까. "야! 뭔 짓이야?"라는 내 말에 주희가 작게, 그러나 다급하게 속삭였다.

"야, 봐 봐."

대충 봐도 장소는 고속 터미널이고 식당에서 우리 아빠가 어떤 여자랑 마주 앉아 있는 모습이 보였다. 냉면 그릇 같은 걸 옆에 두고 어울리지 않게 손을 잡고 있는⋯⋯. (허거걱!)

"너희 아빠 맞지?"

맞다. 맞는데, 화가 났다. 엄청나게 놀라운 장면을 봐서 화가 났고 평상시와 달리 귀염 뽀짝의 미소를 지은 아빠가 낯설어서 화가 났고 (울 아빠가 저런 미소를 지을 수 있는 사람이야? 황당! 저런 표정은 태어나 처음 본 듯.) 그리고 무엇보다도 이 사실을 양주희가 알려 주고 있다는 점이 제일 화가 났다. 창피했거든.

"몰라, 잘 안 보여."

"안 보여? 화면 키울까?"

"됐어!"

그러자 주희가 말했다.

"너네 아빠, 맞구나. 일단 끊을게."

나도 모르게 입에서 욕이 나왔다.

"sea pearl!"

내 입에서 그런 욕이 나올 수 있는지 나도 몰랐다. 그러자 엄마가 주방에서 튀어나와 소리쳤다.

"야! 너 방금 설마 욕한 거야?"

"아니! 바다 진주, 어…… 맞아. 욕."

그거 말곤 달리 표현할 말이 없을 만큼 대형 사고잖아? 이 정도면 나한테도 화낼 권리쯤은 있는 거 아닌가? 어른들은 언제나 자기들 맘대로 화내면서?

이 상황의 최대 피해자인 나를 위로 정도는 할 줄 알았건만, 전후 사정을 들은 엄마는 쿨하게 혼잣말을 했다.

"헐! 때가 됐네. 애 대학은 보내 놓고 터뜨릴까 했더니만……."

뭐야? 엄마가 이 모든 상황의 주관자야? 멋있는 척하는 걸로 보여서 약간 재수 없고 어이가 없다. 솔직히 나도 완전히 몰랐던 일은 아니다. 심증은 충분히 있었지만 (아빠가 전화하다 말고 화들짝 놀라면서 베란다로 도망치는 모습을 여러 번 목격했다. 그게 뭔지 나도 안다. 어른이나 애들이나 반응은 다 거기서 거기니까.) 물증이 없어서 안전하게 잘 지낼 수 있었다. 적어도 내 마음속에서는 말이다. 그런데 내게 동의도 받지 않고 주희가 물증을 확! 들이밀었으니……. 이제 더는 모른 척할 수도 없다.

나쁜 기집애, 왜 하필 너야? 내 약점을 왜 네가 들췄냐고! 모든 게 다 원망스러웠다. 양주희, 걔는 시험 기간에 대체 터미널은 왜 갔으며, 눈썰미가 왜 그렇게 좋아서 딱 한 번 본 우리 아빠를 어떻게 알아봤는지. 또 그 장면을 실시간으로 중계할 수 있는 스마트폰이라는 현대 문물도 짜증 난다. 그리고 무엇보다 연애 중인 우리 아빠와 그런 아빠를 방치해 온 엄마와 그런 두 분의 딸이 바로 나라는 사실까지도.

세상엔 사이가 좋은 엄마 아빠도 많다. 엊그제 학원 앞 식당에서 유미네 가족이랑 합석했는데 걔네 엄마 아빠가 어찌나 사이가 좋던지, 닭살 그 자체였다. (닭살이 들어간 잡채랄까? 웩! 오바이트.) 그런데 왜 내가 유미한테 한 수 먹히고 들어가는 기분이 들던지. 주눅 들고 자존심 완전 상했다. 성적 나쁘다고, 방 안 치운다고, 또는 형제끼리 쌈박질한다고 애들만 잡을 게 아니라, 부모들도 자기들 사이가 안 좋은 거를 반성 정도는 해야 공평한 거 아닐까?

우리 엄마 아빠는 주말부부다. 내가 초등학교 5학년 때쯤이던가? 아빠 직업이 수의사라 지방에서 개업해야 한다고 했을 때, 그땐 그러려니 했다. 아빠가 근무하는 병원 간판에는 가축병원이라고 쓰여 있어서 난 가축병원과 동물병원은 분야가 다른 줄로만 알았다. 물론 나중에 그게 아니라는 걸 알았고 우리 아파트 단지 안에도 동물병원이 세 군데나 생기면서 의아한 기분이 아주 구체적으로 들었지만, 그렇다고 그 생각을 말로 내뱉진 않았다. 정형외과 물리 치료사인 엄마 역시 바빠서, 대략 한두 달에 한 번꼴로 우리가 가거나 아빠가 올라오거나 이런 식으로 지내는 일에 이미 익숙해졌으니까.

하지만 그보단 어른들의 삶에는 불가피한 일들이 있다는 걸 내가 어렴풋이 깨달은 뒤라서다. 말 안 해도 알게 되는 게 있는 법이니까. (사실은 엄마 아빠가 만나면 언성 높이고 싸우는 게 싫었다.

아빠의 예측 불가 욱! 하는 성질도, 또 절대 지지 않는 엄마의 발끈도 싫어서 차라리 이 상황이 편했다.)

그러니까 엄마 아빠가 끈끈한 사이가 아니라는 사실은 어찌 보면 우리 집에선 공공연한 비밀 같은 거였다. 그 사실은 언제나 내 마음 한구석을 차지한 무거운 돌 같았다. 그래서 그 돌이 때때로 나를 누르고 힘들게 했지만 되도록이면 안 보려고 했다. 아니, 내 안에 돌이 있다는 사실조차 회피하고 지냈는데……. 오지랖 양주희가 예의 없이 확인 사살을 했다. (이젠 회피 불가다.) 잔인한 기집애!

게다가 엄마는 그 문제에 대해 긴 말조차 없었다. 아주 대수롭지 않다는 식이다.

"해나, 그 문제는 시험 끝나고."

뭐가 저렇게 간단해? 화가 나서 더럭더럭 소리를 질렀다.

"아니! 아빠는…… 정말 진짜……. 엄마는 이게 보통 일이야?"

"아빠 일이야. 너는 네 일 해. 급한 불부터 끄자고. 그니까 이제 독서실 가지?"

역시 엄마는 '답정맘'답다. 다물어지지 않는 입을 간신히 다물고 나왔다. 독서실에 갔지만 공부가 머릿속에 들어올 리 없다. 엄마가 때가 됐다고 한 말이 자꾸만 귀에 맴돌았다. 때가 되었다는 소리는 전과 후가 갈린다는 뜻이잖아? 그렇다면 이혼을 하겠단 소리? 요즘 세상에 흔한 게 이혼이라지만, 내 문제가 되면 모든 게 다 새롭고 무겁고 아프고 힘든 일이다. 완전 진흙탕 속에 처박힌 기분이다. 무슨 생각을 해야 하는지도 모르겠다. 내가 할 수 있는 일이 아무것도 없다는 게 제일 절망적이다.

#기말고사중 #화낼권리 #seapearl #예의없는확인사살 #아빠의일
#공공연한비밀 #왜하필너야

6월 31일

사실, 6월은 30일까지다. 31일은 없다.

난 달력에 없는 날 속에 있다. 이렇게 '시공간을 초월한 어딘 가'에 존재하고 싶다. (뭔 소리?)

울고 싶다. 울음을 덜어 내면 내가 가벼워질까?

#울지않을테다 #없는날있는나

7월 1일

어제저녁 아빠가 집에 왔고 (그러니까 주희가 폰으로 중계 방송을 하고 나서 두 시간 뒤쯤?) 오늘 아침에 식탁에 앉는데 엄마가 나를 살짝 꼬집었다. 아무 말도 말라는 사인이다. 너~무 아무렇지들 않게 아침을 먹어서 난 당최 표정 관리가 안 되었다. 그런 나를 아빠는 맘대로 이해했다.

"해나, 시험 기간이라 얼굴이 죽상이구나."

(죽상을 만든 건 시험이 아니라 아빠라고요.)

도망치듯 일찌감치 독서실로 나왔는데 주희가 찾아왔다. 절대 반갑지 않았다. 어떻게 반갑겠냔 말이다. 연애 중인 우리 아빠를 목격한 걸로도 모자라 실시간 중계까지 한 애인데. 한데 걔는 눈치가 아예 없지는 않은지 반가워하지 않으리라는 것, 그것까지 다 알고 왔다. 쎄한 표정으로 배도 안 고프다는 나를 억지로 끌고 분식집에 데려가더니 설레발을 치면서 닥치는 대로 아무 말 대잔치를 하다가 갑자기 결론처럼 말했다.

"박해나, 다 알아. 내가 아는 게 싫은 거지? 야! 쪽팔릴 거 없어. 난 친구로서 정보 제공 차원에서 알려 준 거야. 걱정 마. 비밀 엄수할게. 맹세해. 손가락 걸까?"

대답 없이 여전히 기분이 다운되어 있는 나에게 이번엔 딜을 했다.

"좋아! 그럼 우리 공평해지자."

그러고는 쉽게 털어놓기 어려울 법한 자기 집 가정사를 줄줄이 읊었다. 다섯 살 때 친엄마가 돌아가셨고 새엄마와 산다는 이야기. 그런데 새엄마가 낳은 동생이 전문가들도 손사래 칠 법한 금쪽이여서, 엄마가 동생을 돌보느라 자기는 거의 고아처럼 자랐단다. 사실 새엄마여서 그런지 동생이 금쪽이여서 그런지 정확하지는 않지만, 자긴 후자라고 생각하는 게 더 편해서 늘 그렇게 생각한단다. 사람은 누구나 다 이기적으로 생각하기 마련이라면서. 이런 자기 속내를 털어놓지 않다 보니 마음 나눌 친한 친구가 없어 외롭다는 이야기까지. 그래도 대천 사는 외할머니가 계셔서 다행이라고.

"그래서, 너의 쪽팔림을 깠으니 우리가 쌤쌤이란 소리를 하고 싶은 거야?"

"아니야. 새엄마인 게 왜 나의 쪽팔림이야? 내 잘못도 아닌
데. 다만 내가 말 안 하는 건 쪽팔려서가 아니라, 내가 솔직하게
털어놓으면 색안경을 끼고 보더라? 중학교 때 내 사정을 다 아
는 애가 있었는데, 어느 날 나한테 말도 안 하고 다른 애랑 롯데
월드에 갔길래 서운하다 그러니까 '넌 너무 집착해. 엄마 정에
굶주려서 그러나 봐.' 이러는 거야. 심지어 내가 오버스럽게 명
랑한 것도 외로워서라나? 사람들은 친하면 아는 만큼 이해해 주
는 게 아니라, 아는 걸로 멋대로 판단을 하더라고. 그래서 말 안
해. 아무하고도 쉽게 친해지지도 않고 그냥 그렇게 살아. 다만
내가 오늘 널 찾아온 이유는 너도 내가 아는 것 때문에 힘들어할
까 봐, 그걸 알아서 온 거야."

놀랐다. 양주희는 누구하고든 쉽게 친하게 지내는 애인 줄
알았는데 이제 보니 아무하고도 못 친해지는 아이였다. 아무튼
주희의 진심이 묻어나 고마웠고 그리고 안전하다는 생각에 마
음도 편해졌다. 주희 말대로 공평해진 기분이라서 나도 내 얘기
를 다 했다.

사실 엄마 아빠 사이가 안 좋아서 언젠가 이런 일이 벌어지
리라는 걸 막연하게 느꼈지만 인정하고 싶지 않아 꼭꼭 숨기고
지냈는데, 네가 그걸 들춰내 나한테 보여 줘서 그게 싫었다고.
그래서 너 때문에 돌아갈 수 없는 강을 건넌 기분이라 너한테 화

났었다고.

주희는 내 어깨를 두드리며 "그럴 수 있어. 나 그거 알아." 하고 말했다. 자기도 자기 엄마가 새엄마인 거 잊고 싶다고. 머리를 열어서 그 부분만 지우고 싶다고. 그래야 엄마가 야단쳐도 노엽지 않고 동생이랑 차별해도 덜 섭섭하고 또 그래야 정상적인 감정을 품고 살 거 같다면서. 어떨 땐 자기 동생이 심각한 금쪽이인게 차라리 다행이고 고맙기까지 하다며. (그래도 정신없이 집안을 돌아다니며 괴성을 질러 댈 때는 완전 악몽이란다.) 욕먹을 일이지만, 솔직히 걔가 보통 애들과 달라서 덜 샘나고 덜 섭섭하고, 그래서 자기가 덜 삐뚤어질 수 있었던 거 같다고 조용히 말했다.

그런 주희가 너무 안쓰러웠다. 뭔지 정확히는 모르지만 사람이라면 누구에게나 있는 외로움. 그게 내 안에도 분명하게 있어서 주희의 마음에 500프로 공감했다. 그래서 우린 같이 부둥켜안고 울었다.

슬픈 영화를 보면서 울고 나면 마음이 정화되고 후련해지듯이, 아무 해결책도 없고 현실은 전혀 달라진 것도 없지만 울고 나니 힘이 났다. 그렇다고 말하니 주희가 자기도 그렇다고 했다.

"아마 너만 힘든 게 아니라는 걸 알아서 그럴지도 몰라. 우린 슬픔의 연대를 이룬 거야."

그러면서 세상에 문제가 없는 집은 하나도 없다고 주희가 말했다.

"난 가끔 상상해. 인형들이 나란히 쭉 서 있는데 하나하나 자세히 보면 어딘가 하나씩은 다 흠집이 있는 거야. 살아 있는 모든 사람에게는 다 문제가 있는데, 문제 앞에서 징징대는 사람과 해결책을 찾는 사람으로 나뉘고 거기서 행불행이 갈린댔어."

주희 말대로 내 문제가 나만의 문제가 아니라는 말은 위로가 되었다. 모두가 다 자기 몫의 숙제를 풀고 있다고 생각하니 분발

슬픔의 연대

해야겠다는 의지가 솟구치기도 했다.

　맞아. 그거야. 언젠가 동사를 만들라는 말처럼 나를 누르던 돌을 꺼내는 거야. 이제 더는 늘 살얼음판을 걷는 기분으로 엄마 아빠 사이에서 전전긍긍하지 않을 거야. 이젠 엄마 아빠의 문제로 바라볼 거야. 아빠의 일, 엄마의 일로. 막연하게 죄진 듯한 기분을 내가 느낀다는 건 옳지 않아. 주희 말대로 그건 내 잘못이

아니잖아? 물론 가족의 문제니까 내가 감당해야 할 몫도 있지만 적어도 죄책감까지 느낄 필요는 없는 것 같아. 그러니 유미한테 자존심 상할 필요도 없어. 아무튼 난 징징대지 않아.

주희 덕에 나머지 시험은 홀가분한 맘으로 볼 수 있을 것 같았다. 잠들기 전 고맙다고 톡으로 하트를 날리는 바로 그때, 하필 이든이에게서 하트가 날아왔다. 잘 자라며. 아! 주희한테 이든이 얘기를 해야 하는데…….

#공평해지기 #멋대로판단하기없기
#슬픔의연대 #모두가다자기몫의숙제를 #내문제아닌거발라내기 #징징대지않아

7월 3일

채점을 해 보니 주요 과목은 확실히 망한 거 같다. 빼박이다. 수학 서술형은 다 나갔고 객관식도 형편없다. 암기 과목은 그럭저럭 본 거 같은데. 그래도 우리 반 1등 지민결도 많이 틀렸다는 걸 보면 나만 크게 떨어지진 않은 거 같아 조금 위로는 된다. 주희는 미대 쪽이라 어차피 나랑 다른 줄이니 상관없지만 유미랑 예담이가 나보다 잘 본 건 신경 쓰인다. 유미는 워낙 비싼 과외를 한다니 그 덕을 본 거 같아 배가 아프다. 출발선이 다른 경쟁은 불공정한 거 아닐까? (우, 씨!)

한나가 빌려준 영어 기출 족보를 예담이한테 괜히 줬나 싶다. 고맙다는 말도 제대로 안 하고 마치 자기 물건 찾아가듯이 받아 가던 태도를 생각하니 완전 열 받는다. 가만 보면 예담이는 늘 시험을 앞두고 새삼스레 친한 척을 하는 것 같다. 계획적인

호의를 베푸는 이기주의자라 완전 밥맛. 그리고 김현서는 접때 등차 등비 수열합 공식 물어보니까 "공식은 외우려 들지 말고 이해를 해야지."라며 엄청 잘난 척하더니 나보다 많이 틀렸던데? 완전 고소해. 깨소금 맛이다.

그런데 난 시험 때마다 번번이 이런 생각을 돌림노래처럼 하는 거 같아 약간 웃기다. 혼자 하는 뒷담화는 자기 합리화여서 정신 건강에 나쁘지 않겠지만 이 짓도 매번 하려니 유치한 기분이 든다.

언젠가 민결이의 형이 했다던 말이 기억난다. 중학교 땐 줄곧 전교 1등만 하다 과학고에 들어가서 그 학교 꼴찌를 도맡다 보니 회의감 쩔더라며 "우물 안 개구리인 줄 모르고 살았다."라고 했단다. 그렇다면 결국 내가 우리 반 애들을 상대로 이런 생각을 한다는 것도 어차피 무의미한 도토리 키 재기 아닐까?

열등감이라는 건 애당초 혼자 느낄 수 없는 감정이다. 내가 만약 혼자 무인도에 있다면 열등감이라는 게 생길 기준조차 없을 테니까. 그러니 엄밀히 따지면 열등감이라는 감정은 비합리적이고 허구에 가깝다. 가끔 상상해 보는 건데, 요새 수능 응시자 수가 50만 명쯤 되던데, 만약 그 숫자에 대입해서 매번 나 자신을 등수로 매겨 본다면 그것처럼 스트레스 받는 일이 어디 있을까 싶다. 내게 매겨진 등수를 보면서 날마다 패배자 기분으로

살 거 아냐? 그럼 살맛이 나겠어?

　그러니 경쟁에 신경 쓸 게 아니라 그냥 내가 노력하는 데만
더 집중하는 게 정답이라는 생각이 든다. 난 그냥 나 아냐? 등수
로 번호를 매기고 달리려고 태어난 것도 아닐 텐데…… 인생이
서바이벌 게임 같은 것도 아닌데…… 언제나 남들 신경 쓰면서
머리 터지는 무한 경쟁 레이스에 들어갈 게 아니라 그냥 내 식대

로, 내 페이스대로 열심히 하면 되지 않을까? 내 독창성을 지켜 가면서? 행복은 성적순이 아니라잖아?

물론 엄마가 들으면 남들 기 쓰고 달릴 때 혼자 한가하게 봉창 두들기는 정신 나간 소리 한다고 통박을 주겠지. 나도 안다. 경쟁을 해야 효율성이 생긴다는 거. 그래서 시험도 보는 거고. (사실, 시험이 없다면 공부하겠어?) 적절한 경쟁은 필요하지만 남들이 달린다고 무작정 돌진하듯 달리기만 하다 보면 언젠가 나가떨어질 것만 같다. 그건 내 안의 동력으로 뛰는 게 아니라 남들을 의식해서 뛰는 거다. 그렇게 되면 주변 아이들이 전부 경쟁상대일 뿐이어서 절대 손해 안 보려고 악다구니만 쓰게 될 것이다. 그런 삶은 정말 황폐할 것 같다.

와우! 어쨌든 시험이 끝나서 완전 홀가분하다. 주희랑 둘이 '홀가분 파티'를 1, 2부로 계획했는데 주희가 외할머니를 만나야 한대서 (친척 결혼식 땜에 상경하셨단다.) 아쉽지만 1부만 했다.

아주 색다른 프로그램! (주희 추천인데 굿 아이디어인 듯!) 철길 떡볶이집이라는 데 가서 배를 채운 다음 철길 옆에 서 있다가 기차가 지나갈 때마다 얼굴이 빨개지도록 악을 쓰면서 소리를 지르는 거다. (소리가 기차에 먹히니 뭐랄 사람도 없고 공공연하게 악을 쓸 수 있다.) 내 안에 갇혀 있던 울분이라든가 미처 말이 되어 나오지 못한 생각, 투지 등등을 밖으로 뱉어 내면서 다짐하는 거

지. "쫄지 않아!" 그동안 주눅 들었던 머릿속 뇌세포들이 일제히 "얍!" 하고 기합을 넣는 기분이랄까? 완전 재미있었다. 스트레스도 풀리고. 그리고 같이 부둥켜안고 울 때만큼 같이 소리 지르는 것도 힘이 되었다. 이번엔 '비명의 연대'로 "얍"!

주희는 방학 때 외할머니 집에 가면 기찻길 옆에서 자주 이렇게 했단다. 악을 쓰다 보면 자기 안에 뭉쳐져 있던 응어리 같은 게 기화해서 없어진 기분이 들더라나? 또 기름종이로 만든 배에 소원을 적어 바다에 띄우기도 했고. 아직도 어딘가를 둥둥 떠다니고 있을 거라고 말할 때 주희의 눈동자는 꿈꾸는 듯했다. 그 종이에 무슨 소원을 적었냐니까 "비밀!"이라더니, 대신에 지금 소원은 말해 줄 수 있다고 했다. 하지만 난 왠지 불안해서 안 듣겠다고 했다. (이든이 이름이 나올까 봐 무서웠거든.) 사실 내일 이든이를 만나기로 해서 오늘은 꼭 말하려고 했는데, 주희가 할머니를 만나러 가야 한대서 선뜻 말을 꺼내지 못했다. 시간 여유가 필요한 이야기니까…….

#시험끝
#도토리키재기 #열등감은비합리적이고허구에가까운감정 #난그냥나
#마이페이스 #홀가분파티 #얍 # 쫄지않아

7월 5일

드디어 이든이를 만났다. 나가기 전부터 두근두근 나대는 심장 때문에 정상적인 상태가 아니었고 만나서도 무슨 이야기를 했는지 기억이 잘 안 난다. 희한하게도 톡으로 수다 떨 때와 달리 내 앞에 앉은 이든이는 다르게 느껴졌다.

아마 톡과 달리 '한 템포 쉬고'가 불가능해서일지 모르겠다. 아무튼 주로 이든이가 나한테 뭘 물으면 대답하는 식이어서 내가 바보같이 여겨졌다. (박해나, 대체 넌 왜 질문을 못 해? 넌 생각이 없어?) 더구나 새로 산 바지가 꽉 끼는 데다 잘못 자른 앞머리가 완전 신경 쓰였다. 짧아서 촌스럽기도 했고 땀 때문에 자꾸 이마에 붙어서 손부채질만 하게 되고. 입술에 바른 코럴 2호 틴트는 동동 뜨고, 게다가 내가 시킨 패션프루츠 스무디는 빨대에서 왜 자꾸 이상한 소리가 나는 거야? 엎친 데 덮친 격으로 주희는 계

속 전화를 해 대지, (보통은 안 받으면 바로 톡으로 넘어가는데 오늘따라 어쩌나 집요하게 걸어 대던지, 혹시 근처에 있나 싶어서 자꾸 뒤돌아보게 되더라고!) 또 옆 테이블 여자애들은 속닥대며 쳐다보지……. 그야말로 총체적 난국이었다. 이게 아닌데 ……. 첫 만남에 온 우주가 도와주는 게 아니라 고춧가루를 뿌려 대는 기분. 다행인지 불행인지 만난 지 오래지 않아 이든이가 폰을 보더니 급한 일이 생겨서 가야 한다며 일어섰다.

전철역 계단을 내려가는데 왠지 허탈했다. 급한 일이라니 이해해 줘야 하지만 왠지 까인 기분도 들었다. 혹시 나를 다시 보니 '엥? 아니네.' 그랬으려나? 아니, 아닐 거야. 무슨 사정이 있겠지. 이렇게 생각하다가도 금세 또 불안해졌다. 보통 사귀게 되면 "다음엔 우리 언제 만날까?" 하고 바로 예약 걸지 않나? "우리 언제 또 봐?" 가까스로 물어보니 이든이는 "봐서."라고 무성의한 답을 했다. 봐서? 뭘 봐? 간을 본다는 거야? 세상에서 제일 마음에 안 드는 대답을 이든이가 한 게 마음에 몹시 걸렸지만, 허겁지겁 합리화를 했다.

내가 느끼는 '봐서'와 이든이의 '봐서'는 다른 의미일지 모르잖아? 남자애들은 우리 여자애들보다 어휘력이 부족해서 민감한 부분을 뭉뚱그려 표현하기도 하니까. 그래서 나온 '봐서'일 거야. (나, 정말 애썼다.)

갈 때도 이든이는 약간 성의가 없어 보였다. 물론 급한 일이라 니 마음이 바빴겠지만, 가면서 "미안." 할 때 절절함 같은 게 전혀 안 보여서 그것도 마음에 걸렸다. 내 마음은 이쪽저쪽 왕복 달리 기를 하다 결국 '첫 만남에 너무 많은 걸 예민하게 받아들이는 태 도는 옳지 않다.'는 결론을 냈다.

그렇지만 집에 가는 길이 내내 허탈했다. 가슴에 구멍이 두 개 정도는 생긴 기분이랄까? 소년이 잘못하면 소년원, 대학생이 잘 못하면 대학원에 가서 공부하는 벌을 받는다던데, 대체 난 무슨 잘못을 해서 마음의 감옥에 갇힌 걸까? 얼굴은 붉어지고 머릿속 에서 온갖 말이 다 엉켜 마음에 없는 말이 나오고 한없이 비굴해 지고……. 이렇게 이든이의 처분만 바란다는 식으로 있자니 스타 일 완전 구기잖아? 나 말이야, 좀 더 우아할 수는 없는 거야? 나 자신이 지질해 보여서 미칠 것 같아. 주희한테 털어놓고 상담이 라도 할 수 있으면 좋으련만. 난 쫄보처럼 이러는데 이든이는 왜 안 그래? 그래도 첫 만남인데, 지구가 무너져도 먼저 가겠다는 말 은 안 해야 하는 거 아냐? 내가 얼마나 설레면서 나갔는데. 걔가 나를 덜 좋아해서 그런 걸까? 아님 원래 그런 스타일? 뭐냐, 너!

#두근두근 #Q&A면접온줄 #바보아님 #찌질비굴
#마음의감옥 #이게아닌데

7월 7일

'열정'(passion)이란 '수동적'(passive)이라는 말과 어원이 같아 무언가에 사로잡힌 상태를 뜻한다고 한다. 지금 내 상황과 딱 들어맞는다는 생각이 든다. '내가 주체가 아니라 그것이 나를 조종하는 상태.' 수동적이다 보니 마구 휘둘리게 된다고나 할까?

오늘도 그랬다. 종례 시간에 주희가 지난번에 하지 못한 '홀가분 파티' 2부를 하자고 했다. 그러고는 나더러 먼저 교문 밖에 있으라고 했다. 잠시 뒤에 나온 주희는 다짜고짜 내 손을 잡고 뛰기 시작했다. 우다다다 한참을 뛰어 아파트 단지로 들어서자, 오늘이 유미 생일이라 애들이 같이 놀자고 했지만 급한 일이 있다며 둘러대고 나왔다고 했다. (기분이 약간 우쭐했다. 나를 선택했다는 사실에.)

그런데 주희가 상가 화장실에 간 사이 이든이에게 전화가 왔다. 밑도 끝도 없이 지금 보자며. 친구랑 약속 있어서 곤란하다고 말했더니 이든이가 졸라 댔다. '앙' 콧소리도 내고, 〈우리 지금 만나〉 노래도 부르고, 친구는 맨날 만나니까 괜찮지 않으냐며 꼬시고 설득하고.

난 냉큼 설득당했다. 아니, 나도 내가 바라는 쪽을 선택한 거지. 주희가 나를 선택했듯이 나는 이든이를 선택한 거다. 배신의 아이콘이 된 것 같아 마음은 불편했지만 화장실에서 돌아온 주희에게 최대한 고개를 조아리며 말했다. 급한 일이라고, 나중에 말할 테지만 친구라면 이해할 거라고. 주희는 처음에 "뭐냐?"라고 짜증을 냈지만 내 표정이 절박해서 그런지 빠르게 포기하고 2안인 유미 생파에 가겠다고 했다. 그렇게 상황 종료!

가면서 생각했다. 지금은 주희에게 미처 말을 못 해서 그렇지만, 친구라면 썸 타는 남친에게 달려가는 친구를 얼마든지 축하해 줄 거라고. 저번에 내가 학원 앞까지 같이 가 주고, 분실물 코너에서 주희 노트를 찾아 이든이에게 전해 줬듯이 말이다. 나중에 주희가 알게 되면 다 이해해 줄 거라고. (문제는 상대가 같은 애라는 점이지만.)

그런데 정작 이든이는 어이없게도 20분이나 늦게 나왔다. 약속 장소인 탄천변 벤치로 오다가 농구 골대 앞에서 친구들을 마주쳤다면서. 2 대 2 게임을 더 하자는 걸 간신히 뿌리치고 왔다고 어찌나 생색을 내던지, 왜 늦었냐고 묻지도 못했다. 난 늦을까 봐 비상시에만 쓰라는 '엄카'로 택시까지 타고 왔는데.

우리는 농구 골대 반대쪽으로 걷기 시작했다. 해 질 녘 하늘은 더없이 낭만적이었고 저녁 공기는 청량하기 이를 데 없이 완벽했다. (여름밤 특유의 부드러움, 마치 유연제를 뿌린 것처럼 달달하고 부드러운 밤공기!) 내 이야기에 이든이가 가끔씩 하늘을 바라보며 "하하하" 소리 내면서 웃을 때, 웃다가 위에서 나를 내려다볼 때 지긋한 눈빛과 마주치면 내가 로맨스물의 주인공이 된 기분이 들었다. 초콜릿을 덧입힌 마시멜로가 된 기분이랄까? (그럴 때면 사랑 근육 같은 게 생겨. 자부심이 커져서 어느 누구도 부럽지 않은 상태가 되는 거야. 다만 취약점은 연애 대상에겐 무력하다는 거?)

우리 곁을 지나가는 산책 나온 사람들, 주인과 같이 나온 강아지까지 다들 조연으로 보였다. (오로지 우리를 위해 등장한 단역 조연들이랄까?) 탄천변에 드문드문 서 있는 가로등도, 초록 잎새를 풍성하게 늘어뜨리고 있는 나무들도, 가끔씩 우리를 훑고 지나가는 시원한 바람도, 저 멀리 보이는 다리 위의 푸른 등까지 전부 소품인 거야. 그리고 이내 자기 존재를 드러낼 늘씬하고 도도해 보이는 하얀 손톱달까지도. (뭐야! 넌 완벽하잖아?)

그렇게 한참을 걸었다. 탄천이 끝나는 지점에서 다시 돌아

나오면서 내내 가슴이 벅차다는 게 뭔지 제대로 느꼈지만, 배가 고파 오자 벅찬 감정도 힘을 잃기 시작했다. 저녁도 못 먹은 채 내내 걸었더니 배에서 꼬로록 소리가 났다. "저녁 먹었어?"라고 물었더니 이든이가 "먹~었지." 자랑스럽게 포만감에 젖은 표정으로 대답했다. 뒤이어 이든이가 "넌?" 이렇게 되물을 줄 알았건만, 묻기는커녕 "죽이는 치즈불닭볶음 먹었는데, 와~! 넘 배불러서 농구도 못 하겠더라야!" 이렇게 말했다.

이때 난 소리 높여 핏대 세우고 따졌어야 한다.

"뭐? 나랑 만나자 해 놓고 저녁 먹고 오느라 늦고, 만약 배가 안 불렀으면 농구를 더 할 수도 있었단 소리야? "

그런데 난 지질하게 아무 말도 못 했다. 로맨틱한 이 분위기를 깨고 싶지 않아서인지 아니면 이든이와의 관계에선 내가 철저하게 을인 건지. '배고파. 우리 뭐 먹으러 갈래? 밥 먹자는 소리를 도대체 왜 못 해?' 이렇게 속으로 자책만 하고 있는데 이든이가 갑자기 이제까지와는 다른 아주 업된 톤으로 소리쳤다.

"와! 저놈들 아직도 하네."

저 멀리 농구 골대 앞에서 땀을 뻘뻘 흘리며 뛰는 애들이 보였다. 이든이는 이내 홀린 듯 말했다.

"나도 한 게임 뛰어야겠다."

이런 대목에서 "뭐야?"라고 놀라며 되묻거나 "너무해."라든가 또는 "안 돼." 아니면 "사람 불러 놓고 너 너무 양심 없는 거 아니니?" 이런 합리적인 대사가 있건만, 난 그저 순순히 "그래, 그럼."이라고 말했다. 그리고 내 말이 떨어지기도 전에 이미 이든이는 나에게서 초점이 완전히 벗어났다. 농구대에 꽂혀서는, 벌

써 앞서 있었다.

왜? 난 저 아이 처분대로 움직이는 거지? 왜 난 번번이 까인 기분을 안은 채로 집에 가야 하는 거지? 좋아하면 이렇게 끌려다녀도 되는 거야? 배가 고파 한 발짝도 움직이기 힘든 상태로 신발을 질질 끌고 가면서 오늘 내가 흘린 자존심, 친구와의 의리, 끼니…… 그런 걸 떠올렸다. '내가 주체가 아닌 상태'여야 해?

나를 잃으면서까지 누구를 좋아하는 게 맞는 건가? 맞고 틀리고 정답지는 내게 없지만, 사랑의 포로가 된다는 표현이 왜 있는지는 알 것만 같다.

#배신의아이콘 #친구라면 #좋아하는것은 #내가주체가아닌 #금요일밤의거리 #초콜릿이덧입혀진마시멜로 #찌질의극치 #사랑의포로 #이게맞나

7월 10일

오늘은 개슬픈 날이다. (굳이 접두어 '개'를 붙인 이유는 이렇게라도 내 슬픔을 희화화하고 싶은 마음이 들어서다. 아름다운 슬픔이라기엔 너무 짧고 허망하고 자존심도 상하고 등등.) 결론부터 말하자면, 오늘 나는 마음으로 '서이든 아웃!'을 외쳤다. 아니, 외쳐야 할 수밖에 없었다.

…… 이렇게 끝이 났다. The end.

일기도 끝!

아니!

다시!

…… 다시 써야 한다. 다시 써 내야만 한다. 이렇게 일기에 적어 내지 않으면 내 안의 슬픔은 자책하는 비극으로 진행될지 모

른다. 그건 건강한 일이 아니다. 그러니 아주 객관적으로 팩트를 체크하는 차원에서라도 오늘 일기를 적기로 한다.

일기를 쓰는 이 시점에도 내 머릿속에서는 빨갛고 실하게 핀 채로 지는 꽃, 동백꽃이 바닥에 뚝뚝 떨어진 모습이 자꾸 떠오른다. (꽃은 대부분 꽃잎이 하나하나 떨어지는 것과 달리 동백꽃은 꽃잎이 붙은 채로 진다. 그래서 더 슬프고 더 처연하다.). 내 첫사랑이 그렇게 허망하게 바닥에 떨어진 것 같아 정말 슬프다. 흑흑! 슬프지만, 슬퍼도 써야지.

저녁나절에 또 한 번의 급작스러운 호출로 이든이 학원 앞으로 갔다. 그때 난 거의 집에 도착했는데, 이든이가 학원 자습 시간에 나갈 수 있다면서 언제나처럼 돌진형 콜을 했다. '볼까?'로 시작한 톡이 '보자.' '보고 싶다.' '보는 거야.' '봐야 해.' 이렇게 자체 진화하는 구애의 톡으로 번지는 바람에 거절할 수 없었다.
아니, 나도 보고 싶었으니까. 물론 가면서 "너무 일방적인 거 아냐?" 입으로 투덜댔지만 눈은 진작에 초점 없는 강시가 되어 쪼로록 최단시간 기록에 도전하면서 갔다. 밸도 없는 사람처럼, 사랑은 으레 그런 거려니 하면서.
멀리 갈 수 없으니 학원 앞 편의점 파라솔 앞에 앉아 노닥였다. 트롤리 젤리를 나눠 먹으면서. 이든이가 다니는 학원 건물에는 이런저런 학원이 많아서 편의점 앞을 지나는 아이들이 진짜 많다. 후닥닥 물건만 사 들고 튀어 나가는 애들이 대부분이지만, 편의점 유리문을 통해 우리를 지켜보는 여자애들이 많다는 걸 나는 느꼈다. 솔직히 나, 그 시선들을 은근 즐겼다. 그게 선망의 눈초리라는 걸 알았으니까.

물론 입을 실룩거리는 걸 보면 질투의 시선이 분명하지만 질투란 결국 부러움의 다른 표현일 뿐이니까. 왜? 이든이는 인싸고 인싸의 여친은 더불어 인싸로 자리매김하는 거잖아? 아니, 인싸의 마음을 잡았으니 인싸의 머리 위에 있다고 해야 맞으려나? 호호. 아마 그래서 약간 과장되게 웃고 행동한 듯하다. 언젠가 말한 사랑 근육으로 '으쓱' 어깨가 솟구친 거지.

사람은 제일 높은 데 올라가 있을 때 떨어지기 쉽다더니 딱 그거였지. 나 스스로도 '오바 쩐다' 싶을 때, 그야말로 정점에 오른 기분으로 우쭐대던 바로 그때, 이든이의 친구인 듯한 애가 지나가며 무심하게 흘리는 말이 내 귀에 들렸다.

"누구? 아~! 원 오브 썸지?"

'누구'는 당근 나일 테고 '원 어브 썸지?' 이 말이 딱 거슬렸다. (난 언어에 강한 편이라 그 정도 유추하는 것쯤이야 일도 아니니까.) 썸지(G)란 '썸걸'인데, 앞에 '원 오브'가 붙었다는 건 썸걸이 하나가 아니라는 소리잖아? 기분이 딱! 상했다. 그러나 언제나 그랬듯이 난 회피로 일관했다. 못 들은 척. 설마, 사실이겠어? 잘못 들었는지도 몰라.

아무튼 난 영원히 모른 척할 수 있기를 바랐고 모른 척할 수 있었건만, 5분도 채 지나지 않아 팩트 폭격의 상황이 또 기다리고 있었다. 원 오브 썸지를 날리던 애가 다시 튀어나오더니 폰을 흔들면서 "이든, 배그게임 녹화한 거 안 봐?"라고 말했다. 그러자 이든이 엉덩이를 들썩였다. 그 표정, 며칠 전 농구 골대 앞에서 지어 보이던 그 업되고도 호기심 쩌는 표정과 함께. 아니, 이미 부스터를 달고 5층까지 날아갈 기세였지. "지금 간다고?" 내가 묻자 "어차피 15분 뒤 수업이라."라고 답하는 이든. 미친 거 아냐?

난 더는 참을 수 없어서 따졌다.

"뭐야?"

"뭐가?"

"난 뭐야?"

"너 박해나."

"아니, 일부러 여기까지 온 나는 뭐냐고?"

"봤잖아."

"내가 전철 개찰구냐? 한 번 찍고 휙 지나가는 거야?"

"개찰구 뭐? 왜?"

간단한 비유도 못 알아먹다니. (애, 교지 편집부 맞아?) 이든이의 눈동자 초점이 흔들리는 모습을 보면서 난 깨달았다. 이건 능력 부족이 아니라 마음이 없기 때문이라는 사실을. 내 등 뒤 엘베 앞에 선 남자애들이 손을 흔들고 있었고 거기에 마음이 빼앗긴 이든이가 도통 내 말에 집중 못 하는 거다. 구차하지만 풀어서 알아먹기 쉽게 말했다.

"사실 난 집에 거의 도착했는데도 네가 보자고 해서 다시 나왔어."

"그래? 뭐 하러? 에이~, 그럼 그렇다고 말하지. 내가 알았냐?"

(뭐? 뭐 하러? 너무 기막혀 뒤로 자빠질 지경이었지만 간신히 참았다.)

"접때 탄천에서도 그랬고, 만나려면 미리 약속해서……."

"갑자기 보고 싶은데 어쩔?"

순간, 감동할 뻔했다. 우발적인 그리움? 로맨틱하니까. 드라마에서 주인공이 갑자기 뒤돌아서 애인의 손을 잡는다든가, 입을 맞춘다든가 그런 장면에서 우린 '꺅!' 하니까. 그런데 난 바로 정신을 차렸다. 얘는 우발적으로 보고 싶고, 우발적으로 농구 하고 싶고, 그런 거니까. 표정을 풀지 않은 채 단호하게 물었다.

"우리 사귀는 거 맞아?"

"맞지. 근데 난 너만큼 열중 못 해. 이해해 주라. 내가 팬이 쫌 많잖아. 알지?"

그러고는 윙크를 날리며 엘리베이터로 뛰어갔다. 자기가 결정적인 한 방을 날렸다는 사실조차 전혀 의식 못 한 채. 어느 노래 가사 중에 "내가 바람 피워도 너는 나만 바라봐." 이딴 어이없는 구절이 버젓이 있더니만, 얘도 불공정 연애를 하자는 소리였네.

원 오브 썸지는 결코 잘못 들은 말이 아니었다. 아마도 인싸의 부작용인 듯하다. 추종자가 많다 보니 자기도 모르게 망가진 거지. 순간, 어디서 종소리가 들리는 듯했다. 아! 내 첫사랑이 이렇게 종을 치는구나. 허전하고 억울하고 분하고 슬프고 자존심 상하고 진짜 하수구에 얼굴이 팍! 처박힌 기분.

길고 짧은 건 대 봐야 안다는 속담처럼, 만나 보니 내 마음과 이든이의 마음은 길이도 모양도 질감도 부피도 중량도 하나도 같지 않았다. 같은 나라 같은 학교 같은 학년의 학생으로 서로 좋아서 만났지만 재질이 다른 사랑을 한 거지. 내가 로맨스물을 찍는 동안 이든이는 어장 관리 체험 다큐를 찍고 있었다고나 할까?

이든이를 좋아하던 그동안의 마음은 이렇게 자폭해서 공중 분해가 되었다. 핀 채로 지는 꽃, 동백꽃처럼. 그렇지만 꽃이 뚝뚝 떨어진 뒤에도 동백은 잎이 여전히 실하고 반짝거린다. 그게 정말 위로가 된다. 폭탄의 잔해 속에서 밤새 슬펐지만 그래도 내일의 기대가 하나 있다면, 이젠 주희에게 마음 편히 이든이 얘기를 할 수 있다는 사실이다. (내가 이기적이라는 생각도 들었지만, 시

작하자마자 끝난 연애라 어쩌면 주희에게 칭찬받을지도 모르겠다. 아니, 칭찬은 지나치고, 위로 정도는 받을지도. 어차피 끝났으니까.)

#결정적인한방 #팩트체크 #불공정연애 #인싸의부작용 #공중분해
#서이든아웃 #동백꽃_핀채로지는꽃

7월 11일

어제에 이어 오늘도 안 좋은 일에 발목이 잡혔다. 그야말로 운명이 빠르고 강한 잽을 내게 연타로 날린 기분이다. 아침나절은 내내 어젯밤 폭격의 여파 탓에 맥을 못 춘 채로 보냈다. 그런데 6교시 동아리 모임에 갔던 주희가 상기된 표정으로 뛰어 들어오더니 무릎담요를 머리에 뒤집어쓴 채 한참을 있었다.

　몸을 들썩이기에 우는 줄 알고 놀라 귀를 대 보니 키득대는 중이었다. 뭔가 엄청나게 좋은 일이 생긴 것 같았다. 잠시 뒤, 주희가 떠들기 시작했다. 오늘 자기네 웹툰 동아리에 전학 온 신입이 왔는데, (웹툰 공모전 수상 경력이 있는 쟁쟁한 애란다.) 그 애가 얼마 전 자기 친구의 여친이 소설을 각색한 웹툰을 보고 반해서 꿈을 웹툰 PD로 정했다고 했다면서 엄청 호들갑을 떨었다. "걔 꿈에 네가 왜 난리임?" 하고 묻자 주희가 말했다.

"그 신입 회원 왕두호의 친구가 바로 서이든이야. 이 말인즉, 왕두호가 반했다는 웹툰이 바로바로 내 작품이란 소리지."

"와우, 대~박! 그래서 아는 척했어?"

"아니."

그러면서 주희는 빙글빙글 웃으며 고개만 저었다.

"그 그림이 내 그림이다, 왜 말을 못 해?"

"아니, 뒷얘기를 얼핏 들어 보니 이든이가 나랑 사귀는 걸로 뻥을 쳤나 봐. 서이든 걔, 은근 소심과인 듯? 그러니 그게 나다 그럴 수 없잖아?"

그러고 나서 주희는 시종일관 벙긋거렸다. 자기 그림이 인정받았다는 사실이 기쁘기보다 이든이가 자기를 여친이라고 이름 붙인 사실에 더 설레는 눈치였다. 이런! 이쯤에서 이든이의 실체를 알려 줄까 싶었지만 종례다 뭐다 바빠서 그냥 넘어갔다. (아니, 난 어제 일 때문에 이든이와의 스토리를 서사적 전개로 자분자분 말할 여력이 없었다.)

그런데 그날 원치 않는 타이밍에 일이 벌어졌다. 귀갓길 학교 앞 쇼핑센터 푸드코트에서 라볶이랑 김밥, 쫄면, 튀김을 대대적으로 시켜 놓고 반 아이들 대여섯 명이 우르르 모여 앉아 먹고 있었다. 그런데 처음 보는 남자애가 다짜고짜 나한테 오더니 의논할 일이 있다면서 전번 적은 꼬질꼬질한 종이를 들이밀었다.

그러자 반 아이들이 로맨틱한 장면으로 오해하고 일제히 "워~!" 하며 낮은 괴성을 질렀다.

그런데 갑자기 주희가 그 애를 보더니 아는 척을 했다.

"어, 왕두호? 너! 전학 오자마자 프러포즈?"

그러자 당황한 그 애는 아니라고 주희에게 손을 내두르는 동시에 나와 눈을 맞추며 용건을 말했다.

"아니. 너 혹시 모든 웹툰 공모전에 나랑 팀으로 지원해 볼 생각 없어?"

"나?"

"응. 네 그림 봤거든."

순간 나는 어떤 상황인지 감히 확 잡혀서 입은 못 떼고 눈만 굴리는데 주희가 대신 답했다.

"얘는 그림 젬병인데?"

"너 서이든 여친 맞잖아? 그날, 네 노트 전해 준 애가 나야."

다들 일제히 '뭔 소리?'라는 표정을 지어 보이자, 왕두호는 차근차근 자기가 본 사실을 나열했다. 탄천 데이트며 학원 앞 편의점 데이트까지 날짜와 시간을 짚어 가며 내가 이든이의 여친이 분명하다고 강조, 또 강조했다.

그러자 유미가 신음처럼 낮게 읊조렸다.

"박해나, 네가 서이든이랑? 레알? 오~, 내숭 미슐랭!"

양주희가 오래전부터 서이든을 격렬하게 그리고 공공연히 좋아해 왔다는 사실을 다들 익히 알고 있던 터라 분위기는 그야말로 '갑분싸'가 되었다. 그래서 다들 입도 뻥끗 못 하고 밥 먹는 데만 입을 썼다. 그 시점에서 내가 해명하자니 전후 맥락 없는 변명은 오히려 주희에게 더 큰 상처가 될 것 같았다. 그래서 난 나중을 기약했다.

그래, 이따 둘이 있을 때 말하는 거야. 핑계 없는 무덤이 없듯, 내 변명이 핑계로 들릴지는 몰라도 그래도 이미 무덤이 된 내 스토리를 들으면 주희는 이해해 줄 거야. 어쩌면 위로해 줄지도……. 그래서 조용하지만 살벌한 분위기에서 밥을 먹으며 난 머릿속으로 주희에게 해명할 말을 빛의 속도로 궁리했다. 하지만 애석하게도 단 한마디도 할 수 없었다. 분식집 앞에서 유미에게 톡으로 N분의 1 밥값을 쏘는 사이, 주희가 감쪽같이 사라졌으니까. 집으로 가면서 5만 번쯤 전화를 하고 톡도 날렸지만 주희는 작정을 한 듯 받지 않았다.

밤새 마음 졸였다. 불길했다. 아무리 생각해도 여러모로 상황이 안 좋았다. 하필 아이들이 많은 자리에서 그 사실을 알게 됐다는 게 최악이었다. 자존심 상했을 테니까. 주희에게 진작에, 그것도 내 입으로 말했어야 했다. 미루지 말았어야 한다는 후회가 뼈저리게 느껴졌다. 어려운 일을 회피하는 나의 기질을 심각하게 자책했지만, 이미 늦었다. 늦었다고 생각할 때는 늦은 게 맞다. 그래도 내일, 진심을 다한 내 이야기를 주희가 이해해 주길 바랐다.

#늦었다고생각할때늦은게맞다
#그러지말았어야했다

7월 15일

지난 며칠 동안은 너무 힘들어서 일기를 쓸 생각조차 하기 힘들었다. 분식집 해프닝 이튿날 아침엔 더 이상 늦지 않겠다는 뜻에서 상징적으로 일부러 이른 등교를 했다. 그리고 사과하는 마음으로 복도에 나가서 주희를 기다렸지만 주희는 그날 등교하지 않았다. 아니, 그날뿐만 아니라 그 뒤로 사흘(300년 같은 사흘이었다.) 연속해서 결석했다.

담임 샘은 종례 시간에 주희의 결석이 집안 사정 때문이라고 분명히 말했지만, 아이들은 믿지 않는 눈치였다. 아니, 안 믿기로 작정을 한 것 같았다. 나는 주희의 빈자리가 형벌처럼 느껴졌다. 나의 잘못이 멍 자국처럼 분명하게 남아 있는 게 팩트니까. 분식점에서 주희의 넋 나간 표정을 본 애가 무려 다섯 명이다.

하지만 그렇다 해도 아이들이 그렇게까지 이야기를 비약하

리라고는 생각 못 했는데, 주희의 빈자리는 여러 가지 상상을 불러일으켰다. (본래 팩트보다 상상과 추측이 훨씬 다채롭고 강력하기 마련이므로.) 분식집 해프닝을 바탕으로 한 이런저런 추측이 난무했고 추측의 부산물인 비난의 화살은 모두 다 나에게로 왔다. 남의 그림 들고 수작을 걸었다는 둥, 친구 등에 칼을 꽂았다는 둥, 앞뒤가 다르다는 둥. ('앞뒤가 똑같은 전화번호' 대리운전 광고 버전으로 '앞뒤가 완전 다른 박해나' 이런 노래를 지어 부르기도 했다. 창의적인 아이들이다. 그 점 높이 산다.)

나는 그 화살을 피할 재간이 없었다. 그게 아니라고 말할 근거가 없었으니까. (손에 쥔 채점지 없이 내가 말하는 게 답이라고 떠들어 본들 누가 믿겠냔 말이다.) 추측이 쑥쑥 자라 거대한 풀숲이 된다 한들 나로선 어쩔 도리가 없었다. 당사자인 주희의 부재는 엄청난 쓰나미가 되어 나를 덮쳤다. 비어 있는 옆자리는 온종일 나를 고문했으며, 반 아이들은 내 앞에서는 쌩했고 뒤에서는 수군수군거렸다. 그야말로 재난 상황이었다. 모르긴 해도 반 톡에서 이런저런 황당한 스토리가 미치광이 칼춤 추듯이 이어질 것을 생각하니 간담이 서늘해질 지경이었다.

그렇게 나흘을 보내려니 덜컹대는 버스 안에서 손잡이 없이 내내 서 있는 기분이 들었다. 이리 쿵, 저리 쿵, 반 아이들의 차가운 눈길에 치이고 이유 없는 홀대에 치이고 주희의 부재가 주는 고통에 치이고. 살이 빠져서 교복 치마가 헐렁해질 정도였다. 가장 힘든 건 변명이든 사과든 뭐든 할 통로 자체를 원천적으로 봉쇄당했다는 사실이다. 집안 사정으로 인한 결석은 이제 나조차도 안 믿겼다.

'뭐냐고! 양주희한테 뭔 사정이 있는지는 모르지만 이 타이밍은 좀 그렇잖아?'

절묘한 타이밍이다. 처음엔 미안한 마음에 어쩔 줄 몰랐는데 나흘째가 넘어가자, 주희가 이런 식으로 나를 교묘하게 고문하고 있다는 생각이 들었다. 학교 앞 버스 정류장에 서 있을 때 우리 학년도 아닌 정말 처음 보는 애들 서넛이 나를 힐끔거릴 때는 진짜 죽고 싶었다. 교문 밖에서까지 소문의 화살을 맞아야 하다니……. 고슴도치가 된 기분이다.

그렇게 나는 치명적인 한 방을 맞았다. 이제는 주희가 와도 사과나 변명은커녕 내가 먼저 한 방 날리리라.

#재난상황 #절묘한타이밍 #이거혹시고문인가 #치명적인한방

7월 17일

드디어 양주희가 등교했다. 정말이지 너무 반가워서 눈물이 날 뻔했다. 사과를 하든 오해를 풀든 치고받고 싸워서 결판을 내든 해결의 실마리를 찾고 싶었다.

그런데 주희가 계속 나를 피했다. 치사하게 링 위로 올라오는 거 자체를 아예 피한다. 그게 양주희 스타일인 듯. 게다가 지리적으로도 멀어졌다. 하필 이 타이밍에 담임은 한 줄씩 옆으로 옮기는 자리 교체를 하라니. 반대편 벽 쪽으로 간 주희는 눈에 띄게 나를 피했다. 내가 그쪽으로 가면 자기 짝 오정연의 팔짱을 끼고 소곤거리며 눈을 피했고 복도에서 마주치면 정말 유치할 정도로 각을 세워서 턴을 했다. (무슨 제식 훈련 하는 줄?)

하굣길에 혼자 가는 모습이 보여서 미친 듯이 달려가자, 이번엔 내가 입을 떼기가 무섭게 누군가에게 전화를 해 수다를 떨었다. 정말 치사하다. 유치찬란하기가 이를 데 없어서 콧방귀를 날리고 싶을 정도였다. 그게 복수냐?

#실마리찾기 #링위로올라오라구 #치사빤스 #그게복수냐

7월 18일

'나아지지 않는 날 데리고 산다는 건…… 너무나 힘든 일인 것 같아.'

라디오에서 우연히 들은 밍기뉴의 노래 가사다. 내 맘 같네.

휴! 나…… 나아질 수 있을까? 나를 어떻게 어디로 데리고 가야 하지?

나는 웅크리고 있지만 그래도, 하루가 갔다.

간신히!

#나아질수있을까 #구해줘

7월 19일

점심시간에 급식실에서 나오다 국기 게양대 근처에 모여 있는
아이들을 보았다. 아이들 무리 속에서 여전히 도드라지는 서이
든. (서이든 톡을 씹는 중. 엊그제 밤에도 '볼래?'라는 톡에 답을 안 하니
'아님 말고!'와 '답 없음 넌 패스.'라는 내용의 톡이 잇달아 왔다. 자기가
무슨 면접관인 줄? 인간적으로 개실망이다.) 내 마음에선 확실하게
덜어 냈지만 내 뇌는 서이든이 아웃된 사실을 아직 접수 처리 못
했는지 여전히 옥시토신 호르몬이 분출되며 이상 반응을 보였
다. 팔다리는 후들거리고 가슴은 콩닥거리고 난리다. (내 뇌에게
도 실망이다.)

　무시하고 가려다 다시 보니 하필 거기에 왕두호랑 주희랑 유
미, 또 우리 반 여자애들 몇몇이 보란 듯이 있었다. (새삼스럽게
이 조합 무엇?) 처음엔 서러움이 내 안에서 솟구쳤고 뒤이어 왕따

의 쓴맛이 입안에 고였다. 그러다 다시 정신 차리고 생각해 보니 지금이 오해를 풀 수 있는 기회라고 여겨졌다. 주희 노트를 내 것인 척한 적 없다는 사실을 분명히 밝힐 수 있는 기회 말이다. 적어도 그 사실만이라고 꼭 밝히고 싶었다.

이든이 앞이니 주희도 무식하게 쌩까지는 않겠지, 하고 그쪽으로 가려는데 갑자기 어디서 공이 날아와 내 종아리 아래를 정통으로 맞혔다. 순간, 발목이 꺾이며 균형을 잃고 주저앉았다.

'설마 쟤들이?' 어디서 날아왔는지는 정확히 알 수 없지만 공이 날아올 만한 거리 안에 있는 아이들은 쟤들뿐이다. 그 순간 나는 두려움에 확 오그라들었다. 물리적인 고통 때문이 아니다. 물벼락을 맞은 듯한 모멸감, 그동안 반 아이들이 내게 퍼부어 댄 적개심을 공에 실어 던졌다는 확신이 공포감으로 와닿았다. 뒤이어 어디서 키득대는 소리까지 들리자, 난 주저앉은 채로 고개를 들 수조차 없었다. 어느 누구도 와서 일으켜 주지 않았다. 나는 간신히 일어나 교실 쪽으로 도망치듯 갔다. 그 순간이 억겁의 시간처럼 길게 느껴졌다. 이 세상에서 나만 버림받은 느낌 때문에 도저히 나머지 수업을 견딜 자신이 없었다. 그래서 생리통을 빌미로 조퇴를 했다.

유난히 햇살이 쨍한 한낮의 텅 빈 버스에 앉아 있자니 자꾸만 눈물이 나왔다. 사실 공을 누가 던졌는지, 실수인지 의도인지 정확하지 않으므로 내가 느끼는 이 엿 같음은 오답일 수도 있다. 그러나 소용없었다. 나는 이미 두려움과 슬픔과 피폐함과 비참함과 분노 등 이 세상에 존재하는 모든 안 좋은 감정의 포로가 되었다. 공 맞은 애 뒤통수에 대고 키득거리다니……. 누구 하나라도 도와줘야 하는 거 아님? 아니, 적어도 서이든은 나를 일으키거나 괜찮으냐고 묻기라도 했어야 하는 거 아님?

수치심에 견딜 수 없어 한낮에도 빛을 모조리 차단해 놓는 스터디 카페로 갔다. 맨 구석에 짱 박혀 엎어져 있었다.

다시는 학교에 가고 싶지 않다. 하지만 자퇴는 씨알도 먹히지 않는 소리다. 전학? 그건 이사를 가야 가능하는 거라 택도 없다. 내신 등급에 유리하다는 핑계로 아빠가 있는 지방으로 가겠다고 할까? 하지만 이 와중에 아빠가 받아 주겠어? 이것저것 다 불가능하다면 이대로 증발할 수 있는 방법은 없을까? (하긴 증발하면 없어진 나를 더 신나게 씹을 거야. 아! 나를 알았던 사람들의 기억까지 몽땅 수거해서 사라질 수만 있다면…….)

학교 수업이 끝날 시간에 맞춰 집에 가니 또 다른 공격이 나를 기다리고 있었다. 엄마가 식탁 위에 음식을 늘어놓으며 아무렇지 않게 말했다. 아빠랑 이혼하기로 얘기 끝냈다고.

헐! 왜 하필 지금? (물론 엄마는 '지금'의 의미를 모르겠지만.) 이유를 묻는 내게 엄마가 대답했다.

"모르면 모를까, 네가 알아 버린 이상 충격을 최소화하려면 고3에서 제일 먼 시기가 적합할 거 같아. 애즈 순 애즈 파서블."

'역시! 엄마는 이 상황에도 효율성을 따지는군요.'

엄마는 대학 입학을 내 인생의 마지막 골인 지점으로 여기는 듯하다. 어쨌거나 저쨌거나 타이밍 쩐다! 예전에 친할머니가 안 좋은 일은 한꺼번에 온다고 했었는데. 진짜 그런 거 같다. 손 붙잡고 떼로 와서 '때는 이때다.' 잽을 연거푸 날린다. 파파박 쾅! (치사한 거 아님? 맞은 사람을 또 때리다니······.)

추락하는 것은 날개가 있다더니 그건 뻥이다. 수직으로 하강하는데 어떻게 날개를 편다는 거야? 추락할 때는 날개를 펼 시간도 여유도 없다. 추락은 오로지 추락일 뿐. 추락하는 것에 날개는 없다. 도대체 다들 나한테 왜 이러는 거야? 정말정말······. 내일이 오지 않았으면 좋겠다.

#엿같음 #증발할수있는방법 #타이밍쩐다 #추락하는것은날개없다
#나한테왜이럼 #내일아오지마

7월 20일

엄마는 내 표정을 잘 읽는다. 하지만 공감의 차원이라기보다는 마치 전문 코치가 출전을 앞둔 선수의 상태를 꼼꼼히 확인하는 것처럼 보인다. "너 왜 그래? 지금 이럴 때야?" 엄마의 십팔번 대사 중 하나다. 이혼 같은 중차대한 일도 그냥 넘기라는 판에 지금 내가 겪는 이 고난을 털어놓으면 대번에 콧방귀부터 뀔 거다.

"친구? 그딴 게 뭐가 중요해? 나중에 제대로 된 학교 가서 괜찮은 애들 사귀면 돼."

이럴 게 뻔하다. 이런 식의 접근, 진짜 극혐이다. 그래서 난 엄마한테 내 표정을 안 들키려고 오늘도 일찍 집에 와서 붙박이장에 몰래 숨어 자고 있었다. 어느 누구에게도 방해받지 않을 수 있는 안락한 공간. 그곳에서 꿈을 꿨다.

폐허가 된 커다란 원형 극장 한가운데에 선 내가 어떤 아이에게 미친 듯이 떠들고 있었다. 억울함을 토해 내는 거겠지. 그 아이는 건포도처럼 까만 눈동자를 반짝이며 듣기만 한다. 꿈인데도 내 마음이 후련해지는 걸 느낄 수 있었다. 잠시 뒤 그 아이는 주머니에서 롤페이퍼 같은 걸 꺼내 내게 천천히 펼쳐 보였다. 처음엔 후줄근하고 어둡고 칙칙한 무늬의 그림이 펴면 펼수록 알록달록한 색깔로 다양하게 바뀌었다. '뭘 보라는 거지?' 싶어 고개 숙여 집중할 때 그 애가 말했다.

"모든 일은 일부이지, 전부일 리 없어. 영원한 건 없거든."

그러다 깼다. 눈을 뜨자 붙박이장 틈새로 비집고 들어오는 가느다란 빛이 보였다. 가냘프지만 강렬한 빛, 그 빛은 빛인 채로 내게 오려고 애쓰는 것처럼 보인다. 그 덕에 내 실루엣이 얼핏 보였다. 그래, 난 여기 있어. 이전에도 난 여기 있었고, 그 일이 나를 할퀴고 지나갔어도 난 여기 있잖아. 맞아! 그 일이 전부일 리 없잖아? 너무 '비극화' 하지 말자.

틈새로 겨우겨우 들어오는 빛처럼 나도 애써야겠다고 결심했다. 겨우 스리 펀치에 녹아웃 될 수는 없잖아? 뭐든 해야잖아? 그래, 내가 할 수 있는 일을 생각해 보자.

#암전속애쓰는빛 #일부이지전부가아님
#겨우스리펀치에녹아웃일리가 #비극화하지말기 #내가할수있는일 # 모모

PS

아! 그리고 나중에 생각난 건데, 꿈속에서 내 이야기를 들어 준 애는 미하엘 엔데의 소설 『모모』의 주인공 모모였어. 다른 사람의 말을 잘 들어 주는 재주가 있는 아이잖아? 내 무의식이 섭외해서 꿈으로 초대한 거지. 나를 위해 등장해 준 모모에게 감사!

7월 21일

침대에서 눈을 뜨자마자 누운 채로 '애쓰는 방법'에 관해 이런 저런 궁리를 했다. 그날 그깟 공에 맞고 두려움 때문에 도망쳤던 나를 아프게 떠올리면서. 그러다 순간, 그날 내가 맞은 공이 탱탱볼이었다는 게 떠올랐다. 던지면 걷잡을 수 없이 팡팡 튀다 혼자 박고 사방으로 튀는 탱탱볼. 고로, 반 아이들이 나를 향해 던진 게 아니라 어쩌면 다른 데서 우연히 날아왔을 수도 있다. 그렇다면, 내가 도망친 이유는 아이들의 적개심 때문이 아니라 나의 섣부른 두려움 때문이라는 생각이 들었다. 물론 내 두려움엔 근거가 있다. 양주희의 결석 이후 욕을 너무 많이 먹었으니까. 그래서 상처가 생겼을 테고, 상처가 두려움을 불러들인 거겠지.

그렇지만 상처는 살면서 언제든 생길 수 있는 건데, 그 상처를 치유해야지 덧나게 해선 안 된다는 생각이 들었다. 별것도 아닌 작은 상처가 덧나서 커지고, 그러다 패혈증인가로 죽는 사람도 있다고 들었다. 상처는 내 뜻과 상관없이 타인에게 받을 수 있다 해도 그 상처를 키우는 건 내 몫이니까.

'연고가 필요해.'

아니, 그건 아니다. 처음엔 상처 치료용 연고가 필요하다고 생각했는데 그보다는 애초에 상처를 덜 받는 게 우선이라는 생각이 들었다. 총알이 획획 날아다니는 전쟁터에서 고개를 빳빳이 들고 서 있는 미련한 병사처럼 되지 않으려면 나 역시 피할 줄 알아야 한다. 상처도 주는 대로 다 받을 게 아니라 ('상처받는 것도 습관'이라는 구절을 어느 책에서 읽은 기억이 났다.) 골라 받고, 오해는 풀고, 잘못한 일은 용서를 구하고, 또 상처를 받았으면 이겨낼 줄 아는 저항력과 본래대로 돌아가는 회복 탄력성도 지녀야 한다고. (탄성이 좋은 고무줄은 잡아당겼다가 놓으면 바로 잽싸게 원위치를 한다. 그런 걸 회복탄력성이라고 한다.) 또다시 그런 고약한 감정들에 나를 담그고 싶지 않다.

그래서 나는 나를 돕기로 했다. 그런 의미에서 발딱 일어나 책상에 앉아 나를 돕는 법을 일기에 그려 봤다. 어떻게? 간단하

다. 나를 두 개로 나눠서 각각 역할 분담을 하는 거다.

먼저 '상황에 빠진 나'와 '행동할 수 있는 나' 이렇게 두 개의 나로 분리한 다음, 유체이탈하듯 나온 2번의 내가 1번의 나를 아주 객관적으로 이성적으로 바라본다. 한 발짝 떨어져 나를 관망한다. 30센티미터 앞만 보는 닭의 시야가 아니라 저 높은 곳의 독수리처럼 버드 뷰(bird view)를 갖춘다고나 할까? 그러면 자연스레 나 자신을 객관화하고, 안 좋은 일이 생겼을 때도 예전처럼 엿 같은 감정의 늪에 덜컥 빠지지 않고 감정의 늪 앞에서 브레이크를 걸 수 있게 된다. 그리고 그 감정을 고체로 만드는 거다. (얼음땡 놀이처럼 감정을 일단 정지시키는 거야.)

그렇게 시뮬레이션을 해 보니 결론이 섰다. '엉키거나 오해가 된 부분은 풀어서 바로잡고, 풀 수 없는 부분은 그냥 지나가게 해야겠다.'라고. 나랑 다른 저울(다른 기준?)을 갖고 있는 이든이나 이유 없이 나를 공격하는 애들은 그냥 지나치도록 하고, 다만 주희와의 엉킨 문제는 풀어야겠다고 결론을 내렸다.

그리고 내가 왜 이런 오해를 받아야 했는지를 되짚다가 분명한 팩트 하나를 건졌다. 힘들고 어렵거나 복잡한 문제는 회피하는 나의 안 좋은 습관 때문이라는 걸. 마음을 나눈 주희에게 이든이 이야기를 먼저 했어야 한다. 그게 이 모든 사달의 화근이 된 거다. (이건 내가 수학을 못 하는 이유 중 하나이기도 하다. 시험 때

면 잘하지 못하는 과목을 만회하려고 열중하는 게 아니라, 항상 잘하는

언어 과목부터 먼저 공부한다. 그러다 수학은 시간 없어 패스~.)

반성한다. 앞으로는 회피하지 말고 직시하자.

#섣부른두려움 #상처를받는것도습관
#나는나를돕는다 #회복탄력성 #감정을고체로
#감정의늪앞에서브레이크 #버드뷰_birdview #회피말고직시

7월 22일

내가 나를 도울 수 있다고 생각하니 세상 힘이 난다. 그건 내게
없던 힘이 아니라, 내 마음이 찾아낸 내 안의 힘이다.

　　마음은 의외로 많은 일을 한다.

　　아자아자!

#마음은의외로많은일을한다
#해나야힘내자

7월 24일

학교 화장실에서 손을 씻으려는데 거울 앞에서 머리를 만지고 있던 이수빈과 손혜리가 자리를 내주지 않는다. 다리를 쫙 벌리고 선 품새가 다분히 의도가 있어 보였지만 난 상처받지 않고 최대한 상냥하게 살짝 밀었다. '만약 시비 걸면 가만 안 둬.' 이런 마음으로. 단호하지만 부드럽게. 그러자 아이들이 순순히 비켜섰다. (여기서 포인트는 일단 내가 상처받지 않은 채로 의사를 표현하는 거라는 점을 깨달았다. 그래야 단호해 보인다.) 예스!

쉬는 시간에는 주로 독서 모드로. 처음엔 아이들에게 보이기 위한 작위적인 책 읽기였는데, 스토리가 있는 소설류로 읽다 보니 주인공에게 감정 이입이 되면서 아이들이 전혀 의식되지 않았다. 어쩌면 오래전에 읽은 『우당탕탕, 할머니 귀가 커졌어요』라는 층간 소음 문제를 다룬 그림책 이야기와 같은 것일지 모른다는 생각도 잠시 들었다. 위층에서 나는 소리에만 골똘하다 귀가 커졌다는 할머니처럼 내 쪽에서 너무 예민하게 아이들을 의식했던 건 아닐까?

그런데 점심시간 급식실에서 마주친 서이든이 아주 환하게 웃으면서 아는 척을 했다. 순간 설렜지만, 난 잽싸게 내 감정을 고체로 만들었다. '일시 정지!' 감정은 흐르지 않고 멈춰 섰다. 그래도 이든이에게 유치한 삐침 모드로 보이기는 싫어서 입꼬리만 살짝 올렸다 내리는 미소로 답했다. 웃는 얼굴에 침을 뱉을 수는 없으니까. 그랬더니 뒤이어 톡이 왔다.

> *이따 학원 끝날 시간에 와라.*

잘생기면 이렇게 일방적이어도 된다고 나라에서 허락했나? '아니.'라고 톡을 보내고 뒤이어 '우린 안 맞는 거 같으니 그만하자.'라고 썼다. 공식적인 이별이 필요한 관계는 아니라고 생각했으니까. 그래도 이든이가 '왜?'라고 진지하게 물으면 '나 표현'을 자세하게 할 작정이었다. 그러나 실망스럽게도 이든이의 답글은 세 음절이었다,

> *낄낄낄.*

틀림없이 선택권은 자기에게 있다고 믿고 있으리라.

기가 막혀 폰을 탁 소리 나게 내려놓다가 서이든과 눈이 마주쳤는데, 이번엔 장난스럽게 수저를 흔든다. 빈정 상한 표정으로 입을 삐죽이는데 건너편에서 나를 못마땅한 표정으로 보는 애가 눈에 들어왔다. 아니, 대놓고 째린다. (서이든 팬인 듯.) 식판을 치울 때 내 쪽으로 물이 튀어서 봤더니 아까 나를 째리던 애가 내 쪽으로 컵을 턴다. 잠시 생각하다 속으로 뇌까렸다. '넌 조연도 아니고 단역이니 패스!' 그렇게 자극받지 않고 넘길 수 있었다.

나를 돕는 또 다른 방식으로 '내 인생의 등장인물표'를 머릿속에 그리기 시작했다. 어차피 내 인생에서는 내가 주연이고 감독이니, 조연이나 단역에는 마음의 비중도, 역할도 덜 주기로 했다. 그렇다고 나와 상관없는 사람들을 멋대로 무시하겠다는 뜻은 절대 아니다. 다만 옥상 위의 깃발처럼 아무 바람에나 마구 휘날리는 사람이 되고 싶지 않아서다. 예를 들어 스티브 잡스가 옷을 고르는 데 사용할 시간을 일에 쓰려고 같은 옷만 입은 것처럼, 나도 내 시간을 잘 쓰고 싶을 뿐이다. "사람은 자기가 가치를 두는 데 시간과 돈과 에너지를 쓴다."고 어떤 작가님이 강연 때 그랬다.

수업이 끝날 때 등장인물표 중 아직은 중요한 조연급에 있는

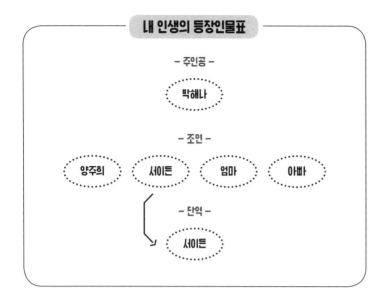

주희에게 갔다. 주희는 여전히 나를 쌩깠지만 그러거나 말거나 말했다. 내가 주희에게는 할 일이 남았으니까.

"양주희, 나랑 얘기 좀 해."

"너랑 할 말 없음."

"난 있으니까 없는 넌 듣기만 해."

"듣고 싶지 않아."

"상관없어. 난 해야 하니까. 그럼 귀를 닫든가."

"헐."

"네 웹툰 내 거라고 한 적 없고, 이든이한테는 내가 만나자고 한 거 아니고, 걔와 만난다는 사실을 너한테 말할 타이밍을 놓쳤어."

안 듣겠다는 애를 상대로 얘기하려니 마음이 급해져서 요점 정리를 패대기치듯 했다. 그러자 주희가 나를 빤히 보다 말했다.

"사과해야 할 때 이유를 말하면 그건 변명이야."

맞다. 사과하려던 건데. 다시 말했다.

"말 못 한 거 미안하게 생각해."

"그래, 박해나. 넌 생각만 해."

"야! 미안하댔는데 뭘 더 어쩌라고?"

주희는 정연이와 정겹게 팔짱을 끼고 쌩하니 교실 밖으로 나갔다. 배신감에 울컥했다. 집에 와서도 내내 마음이 안 좋았다. 주희와 다시 예전처럼 지낼 수 있으리라 생각했는데 주희가 마음의 문 셔터를 내린 거 같아 슬펐다. 감정을 아무리 고체로 만들려고 해도 슬픔은 계속 흐느적거리는 액체로 흘러 몸과 마음의 갈피를 잡을 수 없게 한다. 주희와 철길 옆에서 악쓰며 깔깔 댔던 기억과 부둥켜안고 울던 날이 떠올라 마음이 아프다.

오정연 재수 없다. 걔가 옆에 버티고 서 있지만 않았더라도 좀 더 다정하게 말할 수 있었을지 모른다. 참고로, 오정연은 미용 유튜버 한다고 머리 염색에 눈썹 파마 하고 로드숍 가서 테스트용 섀도와 틴트로 얼굴을 도배하고 다니는 애다. 매일매일 SNS에 올릴 '인증 자아'를 급조하느라 허세가 완전 쩐다. 가식의 여왕이랄까? 그런 데다 '좋댓구알' 구걸하려고 어찌나 애들한테 샐샐대는지 정말 눈 뜨고 못 볼 지경이다. 전엔 주희가 오정연 같은 애가 딱! 싫다고 하더니……. 양주희도 결국 그런 애가 되겠지. 끼리끼리는 과학이랬으니까. 진짜 웃긴다.

#단호하지만부드럽게 #내인생의등장인물표 #어차피내가주연
#아무바람 #경계설정 #내시간을잘쓰자

7월 25일

서이든, 왕두호, 양주희, 오정연, 이렇게 넷이 이젠 대놓고 학교 안을 쏘다닌다. 굳이 쏘다닌다고 표현하는 이유는 내가 안 보려고 해도 자꾸 마주치기 때문이다. 나 보라고 일부러 저러는구나, 싶은 합리적 의심도 든다. 유치찬란하기가 오십만 가지 색이다.

마음이 복잡했다. 뭐라 딱히 설명하기 힘든 감정들이 꽈배기처럼 엮여서 '분리된 나'가 '감정에 빠진 나'를 도저히 도와줄 수가 없었다. 주희를 이상한 서이든한테서 보호하고 싶은 친구의 마음인지, 아니면 질투심인지, 이도저도 아니면 그냥 배가 아픈 건지, 주희에 대한 배신감 때문인지……. 어떤 게 내 마음인지 나도 모르겠으니 말이다.

그래도 전처럼 감정의 늪에 풍덩 빠지지는 않았다. 그래서 오후부터는 오기가 생겨 '그래, 너희끼리 잘 놀아라.' 이런 마음으로 머릿속에서 시뮬레이션을 했다. 나와 다른 길을 가는 그 아이들을 상상한다. 숲속 길을 걷다가 갈림길이 나오자 나는 오른쪽으로, 이든이와 주희는 왼쪽으로. 그렇게 다른 길을 가는 그 아이들을 상상하니 어쩔 수 없는 이 현실이 받아들여진다. ('엄연한 현실'이라고 소리 내어 읊조리면 부인할 수 없는 현실이라는 뜻이므로 그냥 받아들이게 된다. 현실은 내가 떼쓴다고 어떻게 되는 게 아니니까.) 그러면 마음도 덜 아프다. 다른 길로 간 거야. 이렇게 나를 다독거렸다.

그러고는 2단계로 경계를 설정한다. 아기 돼지 삼형제가 늑대의 침입을 막으려고 튼튼한 집을 지었듯이 나도 아무나 무례하게 불쑥 들어오지 못할 안락한 내 마음의 집을 짓고 그 안에서

책을 읽었다.

　빨강 머리 앤이 "모든 책에는 세상이 공짜로 들어 있어서 누구든 될 수 있고 어디든 갈 수 있어. 책은 목숨도 구할 수 있어." 라고 했는데 정말 맞는 말이다. 책을 읽는 동안 나는 다른 세계에 가 있을 수 있어 완전 좋았다. 난 이제 책을 읽을 거다. 언젠가 인터넷에서 책 읽는 뇌와 동영상 보는 뇌를 비교해 놓은 걸 보고 깜짝 놀랐다. 생김새 자체가 완전 달라서. 난 독서로 내 뇌를 리모델링할 테다. 건강한 뇌로. 아마 사람 머리가 내장이 다 들여

경계 설정
방해받고 싶지 않아

다 보이는 투명 물고기 유리메기처럼 생겼다면 책 한 자 안 읽고 동영상만 보는 애들은 (특히 오정연 같은 애) 전두엽이 발달되지 않은 뇌가 들통나서 아마 엄청 쪽팔리리라. 흥, 핏, 쳇!

#다른길로간거야 #엄연한현실 #나만의집_경계설정
#빨강머리앤 #독서로뇌리모델링 #깨끗한뇌의쪽팔림

7월 26일

밤에 내 방을 구석구석 청소하고 책상도 정리하고 휴대폰 배경
화면을 바꿨다. 물색 배경 화면에 Restart, Reset 글자가 크게 찍
힌 걸로.

어제 낮에 포장 이사 아저씨가 와서 아빠 짐을 실어 갔다. 엄
마가 아침 댓바람부터 도서관에 가라고 재촉해서 다녀오니 언
제나 문 앞에 비스듬히 기대 있던 아빠 자전거랑 거실의 리클라
이너 소파가 보이지 않고, 서재의 책꽂이가 텅텅 비고, 아빠가
모으던 엘피판들도 다 없어졌다. 베란다에서 먼지를 뒤집어쓰
고 있던 벤치 프레스도. 애들이 전학 갈 때면 보통 미리 인사하
고 나중에 짐을 챙겨 간다. 그런데 아빠는 순서가 바뀌었다. 물
론 세상 사람들 방식이 모두 다 똑같을 수는 없으니까.

나도 유연하게 생각하기로 했다. 아빠는 그동안 드문드문 봤었고 앞으로도 지금과 다르지 않게 볼 테지만 문 앞에 놓여 있던 자전거가 없어진 게 엄청 허전하다. '무언가 달라졌다.'는 걸 보여 주는 상징적 징표 같다. 그래도 최대한 아무렇지 않은 표정으로 있었다. 아무렇지 않지 않은데 아무렇지 않은 척하는 게 얼마나 고독한 일인지…….

그런 내게 엄마는 잔인하게도 딱 잘라 말했다.

"야야! 지금이랑 달라질 거 한 개도 없어!"

한 개도 없다니……. 완전 오버다. 어찌나 다그치던지 나도 짤막하게 "알아!" 그랬다. 그래도 내가 만약 엄마라면 고딩 딸의 허전한 마음을 한 번쯤은 읽어 줄 거 같다. 아무리 낯간지러워도 한 번쯤은 말이다. 겉이 멀쩡하다고 마음까지 다 멀쩡한 건 아닌데. 하긴 이 계절에 홈쇼핑에서 겨울 코트를 사는 엄마도 온전한 건 아니리라. (평소에 엄마는 아주 작정하고 사람을 꼬신다며 홈쇼핑을 완전 싫어했다.)

바꾼 휴대폰 배경 화면을 보면서 잔나비 노래 〈꿈과 책과 힘과 벽〉을 흥얼거렸다. 자고 나면 하루치는 더 어른이 될 거라는 가사가 무척 위로가 된다. 그러게. 하루씩 하루씩 난 더 괜찮아지고 저항력도 더 강해질 거다. 궁극적으로 '어른'이 되는 걸 내가 좋아하는 건 아니지만, 그래도 그냥 지금보다는 더 강해지고 단련된다는 의미의 어른이라고 받아들이면 괜찮다. 고되고 힘들고 아파도, 그럼에도 툭툭 털고 일어나 아무렇지 않게 걸어가는 단호하고 의연한 사람이 되고 싶다.

#Restart_Reset #달라져도괜찮아
#어제보다하루는더어른이된나 #단단하고의연한사람

PS

내가 좋아하는 잔나비가 원숭이가 아니라 나비였으면 더 좋았을 텐데……. 그냥 난 나비로 기억할 테다. 내 마음에 사뿐 날아와 앉는 꽃잎 같은 나비.

뭐! 내 맘대로 생각한다고 잡혀가겠어?

7월 27일

점심시간에 수행 평가 프린트물 가지러 교무실에 들렀다 오는
데, 교사용 화장실에서 보건 샘이랑 담임 샘이 양치질하고 나오
며 이야기하는 소리가 들렸다.

"양주희 요새 툭하면 체하네? 오늘도 왔었어."

"걔가 할머니 돌아가신 뒤로 마음이 영 편하지 않은가 보네.
하필 주희 만나러 터미널 오시느라 동네 사람 경운기 얻어 탔다
가 사고 났다니…….."

아! 그래서 주희가 결석을! 가슴이 철렁했다. 마음이 너무 아
파 왔다. 주희에게 외할머니가 어떤 존재인지 난 누구보다도 잘
아니까. 시험 때나 마음이 힘들 때, 터미널까지 오셨다가 주희 얘
기 들어 주시고 바로 내려가시곤 했다던데……. 그렇게 큰일이
있었는데 전혀 내색하지 않아 몰랐다. 하긴 그럴수록 더 아무렇

지 않은 척하는 애가 양주희다. 아니, 주희뿐만 아니라 사람은 아픔을 직면하기 싫어서 더 아무렇지 않은 척하기도 하는 거 같다. 요 며칠 홈쇼핑 채널 중독 수준이 되어 가는 엄마처럼 말이다.

주희 마음에 얼마나 깊은 상처가 새겨졌을까 상상하니 괴로워서 미칠 것 같았다. 누구하고도 친할 수 없다는 주희가 혼자 얼마나 무겁게 상처를 안고 있을까? 나에게 느꼈을 배신감에 할머니의 죽음까지, 정말 감당하기 힘들었을 거다. '공감은 원석을 캐는 것처럼' 잘 찾아서 헤아려야 한다던데, 사과조차 변명으로 땜빵하려던 나 자신이 너무 무심했다는 생각에 마음이 아려 왔다.

교실로 들어가려는데 복도 끝에서 누가 부르기에 봤더니 서이든이다. 팬이 줬는지 알록달록 꾸민 간식 바구니를 팔에 끼고는 초콜릿 하나를 내 쪽으로 던진다. 싫다는 소리 할 틈이 없어서 엉겁결에 받았는데, 그 옆에 있는 한 무더기 아이들이 나를 본다. (서이든은 언제나 한 무더기 애들 속에 있다. 거의 연예인 급이다. 게다가 1학년으로 보이는 여학생과 손장난을 치고 있는 꼴을 보자니, 이제 더는 재고의 여지가 없다. 서이든, 진짜진짜 삼진 아웃!)

순간, 열이 확 올랐다. 일부러 아이들이 있는 앞에서 나를 엮으려는 의도와 동시에 자기의 인기를 자랑하려는 이든이의 속내가 보여서다.

그때 마침 2층 계단 쪽에서 주희가 내려왔다. 난 이때다 싶었다. 주희에게 미안한 마음을 어떻게든 상쇄하고 싶었다고나 할까? 조금 전에 알게 된 사실이 나를 더 오버하게 만들었을지도. 뭔가 주희가 좋아할 만한 일을 해서 보상하고 싶었다. 외할머니를 잃고 힘들었을 주희를 어떡하든 위로하기 위해서라도 이참에 확실하게 하고 싶었다. 나와 서이든은 아무 사이도 아니라는 사실을 천명하고, 한때 주희의 웹툰 노트를 시기했던 나를 반성도 하면서.

최대한 서이든과 사이가 나쁘다는 걸, 절대 사귀는 사이가 아니라는 걸, 끝났다는 걸 보여 줘야겠다고 그 짧은 순간에 무작정 결심했다. 나는 서이든을 향해 소리쳤다. 최대한 앙칼진 목소리로.

"야! 이딴 거 안 받아."

멀뚱하니 바라보는 서이든에게 연타를 날렸다.

"그리고 톡 보내지 마. 넌 네가 인싸라고 해서 모두 다 너를 좋아해야 하는 줄 아나 본데, 잘난 척 좀 작작 해. 넌 저 국기 게양대 밑의 시계탑 같은 애야. 인기가 있으니 교문 들어오면서 이 애 저 애 많이들 보겠지만, 그렇다고 다 너한테 헬렐레할 거라고 생각하지 마. 문어 다리처럼 여기저기 걸치지도 말고. 그거 기본 매너 빵점에 완전 저질템이야!"

순간 분위기가 완전 쎄해졌다. 내가 너무 뜬금없었나? 약간 후회가 됐지만 이미 말이 나갔으니 계속 같은 모드로 할밖에.

쿵쾅거리면서 돌아서려는데 오정연이 말했다.

"오버 쩐다, 박해나! 이 초콜릿, 교장 샘이 나눠 먹으라고 방금 주고 가신 거야."

쪽팔렸다. 귀가 빨개지는 게 느껴질 정도로. 그때 왕두호가 분위기 파악 못 하고 장난기 어린 말투로 말했다. (나중에 PD 하겠다는 애가 그렇게 상황 파악을 못 하나?)

"이든, 왜 그랬어. 여친이 섭하다잖아. 문어 다리 안 돼~."

그러자 서이든은 한 수 더 뜬다. 초콜릿 바구니를 내게 떠넘기듯 주면서 말한다.

"좋아! 박해나, 너 이거 다 가져."

그러자 옆에 있던 모르는 애가 투덜대는 소리가 들렸다.

"야, 교장 샘이 나눠 먹으랬어."

점입가경이다. 그 와중에 나는 선을 그었다. 그렇게라도 해야 할 것 같아서.

"야, 왕두호! 내가 왜 쟤 여친이야?"

내가 발끈했건만 여전히 신들대는 왕두호와 서이든. 난 당황했다. 이게 아닌데 싶어서 나도 모르게 주희를 보며 말했다. (이 행동 뭐냐고!)

"나 쟤랑 안 사귀거든."

주희는 '누가 뭐래.' 하는 표정으로 서 있었고 내 얼굴은 완전 홍당무가 되어 버렸다. 수업 시작종이 울려서 간신히 상황은 종료됐다. 아이들은 흩어졌고 몇몇 아이는 내 뒤통수에 대고 "잘난 척 오진다." "어디서 앙탈?" "주파실(주제 파악 실종)!" "븅신 그 잡채" "오쩐 오쩐(오버 쩐다)" 이딴 소리들을 뱉어 냈다.

수업은 당연히 한마디도 귀에 들어오지 않았다. 얼른 하루가 끝나 버려 오늘을 기억 속에서 날리고 싶다는 생각만 했다. 소는 뒷걸음질 치다 쥐도 잡는다던데, 이건 나름 의도를 품고 치밀하게 내지른 주먹이건만 내가 내 얼굴을 때린 셈이 되었다. 이런 걸 자승자박이라고 하지, 아마. 내가 바보인 건가? 아니면 운이 나쁜 건가? 그냥 땅속으로 기어들어 가고만 싶었다.

#서이든삼진아웃 #공감은원석을캐는것처럼 #헛발질의쪽팔림은내몫
#나뭐냐_바보냐 #자승자박 #홍당무

"시더 시더, 이딴 거 주지 마! 문어 다리도 시더 시더."

누구인지는 굳이 고개 들어 보지 않았다. 목소리가 까불이 이종민인 듯하다. 어제 일을 시연하고 있는 게 분명하다. 혀 짧은 소리로 내내 저런다. 악의로 저런다기보다는, 내가 생각해도 어제 초콜릿 해프닝은 아이들이 입에 올릴 만하다. 떠올릴수록 웃겼으니까. 책을 읽는 척했지만, 도저히 집중이 안 돼서 이어폰을 꺼내 끼었다.

나는 나를 도와주기로 한다. 책에서 읽은 구절을 머릿속에 떠올려 본다.

강인한 사람은 웬만해선 무시당한다는 느낌을 품지 않는다. 자기 안에 에너지의 원천을 만들고 자기 가치를 스스로 인정해야

한다. 인정받는 느낌을 남에게 의존해서는 안 된다. 자기 가치는 자기 안에서 찾는 것이다.

- 『나를 살리는 철학』, 알베르트 키츨러

경계를 설정한 뒤, 안락한 나만의 집에서 팩트를 나열해 놓고 일의 전후를 정리해 봤다. 쟤들은 그냥 저러다 말 테니까 내가 감정적으로 휘둘릴 필요 없다. (저건 나를 공격하는 행동이라기보다는 그냥 놀이야. 애들은 늘 그러잖아? 상처 입을 필요 없다고.) 주희를 의식해서 약간 오버하긴 했지만 분명 난 서이든에게 내 의사를 정확히 표현한 거다. 자기가 아무리 인싸라고 해도 인간관계에서 일대일로 마주 서지 않는 건 정말 예의 없는 짓이다. 인간 존엄성을 위배하는 저질템에 기본 매너가 빵점인 거 맞다. 비난받아 마땅하다.

그리고 '주제 파악 실종' 이런 말은 애초에 성립이 안 된다. 걔가 아무리 인싸라고 그렇지 않은 사람이 1이 아닐 리는 없지 않은가 말이다. (인싸는 100이고 나는 20이냐? 인싸든 아싸든 누구나 똑같다. 좋아해 주는 사람이 많다고 해서 또는 없다고 해서 존재가 달라지지는 않으니까.) 저를 좋아하는 사람이 아무리 많다 해도 누구를 사귈 때는 일대일이어야 하고 동등한 위치에서 만나야 한다. 그게 맞다. 그런 까닭에, 내 분노는 정당하다.

어제는 헛발질을 했지만 주희에게는 사과를 제대로 해야겠다고 마음먹었다. 입장을 바꿔 생각해 보면 푸드코트에서 그런 일이 벌어졌을 경우 나라도 큰 배신감을 느꼈을 것 같다. 왕두호를 통해서, 그것도 아이들이 다 있는 데서 들은 거니까.

주희에게 톡이나 문자를 보내면 1 숫자가 지워지지 않으니 손편지를 썼다. 철길 다녀오던 날 팬시점에서 같이 산 예쁜 편지지에 길게도 안 쓰고, 그냥 바른 글씨로 또박또박 진심을 적었다.

정말 미안하다. 진작 말 못 한 거, 제대로 된 사과 못 한 거.

네가 내 사과를 안 받아 주고 나를 미워해도 괜찮은데,

다만 나와의 일이 너에게 상처로 남지 않았으면 좋겠다.

(내가 잘못한 거지, 넌 잘못한 게 없으니까.)

이렇게 썼다.

내 사과가 주희의 상처를 깨끗이 지웠으면 좋겠다는 의미로 장미 향이 나는 곰돌이 모양 지우개도 같이 넣었다. 언젠가 중학교 때 친구한테 상처받은 뒤로 누구한테도 쉽게 말하지 않는다고 했던 말이 떠올라서다. 주희는 아직도 그 상처를 안고 있는데 내가 그 상처에 또 상처를 낸 게 아니기를, 설사 상처를 입었더라도 꼭 말끔히 지워지기를⋯⋯. 정말 바라고 또 바란다. 오정연을 내가 씹었지만 그건 내 질투고, 그냥 주희가 사이좋게 잘 지내기를 바란다. 머릿속으로 다른 길로 가는 주희의 뒷모습을 떠올리며 진짜 '정겨운 안녕!'의 손짓을 할 수 있었다.

편지를 주희 자리에 놓고 집으로 오는 길은 발걸음이 가벼웠다. 누구나 실수는 할 수 있지만, 제일 나쁜 건 같은 실수를 반복하는 일이라고 들었다. 적어도 같은 실수는 하지 않을 수 있을

듯했다. 이렇게 일기를 쓰면서 일기를 거울 삼아 나를 들여다보는 한은 말이다. 고마운 일기.

#누구나일대일 #중간에서만나
#너의상처가지워지길 #슬프지만정겨운안녕 #반복하지않는실수 #고마운일기

7월 29일

여름 방학이 시작되고 나서, 아빠와 만났다. 내 방학의 시작엔
늘 아빠와의 만남이 있었기에 의례적인 일이건만 이번엔 달랐
다. 완전 어색했다. 아빠나 나나 오늘 만남의 주제가 뭔지는 다
알고 있었으니까. 그래도 그 감정을 입 밖으로 차마 꺼낼 수는
없어 눙치려는데, 아빠가 말했다.

"어색하네."

그 바람에 나도 모르게 엄마가 하던 말을 읊었다.

"달라질 거 하나도 없잖아."

내가 좋아하는 말도 아니건만 뱉어 놓고 나니 엄마가 왜 그
말을 했는지 새삼 알 것 같았다. 그건 일종의 위로이고 인정이
었다. 이 상황을 앞에 두고 울 수도 없고, 또 운다고 어떻게 될
일도 아니고, 이미 이렇게 된 거 그냥 쿨하게 받아들여야지 싶

은 그런 마음? (마음과 다른 말이 나가도 사랑하는 사람끼리는 그 말의 의미를 알아차리는 법이다. 원석을 가려내듯 공감하는 거라고 그랬듯이 말이다.)

주희가 다른 길로 가는 시뮬레이션을 했듯이 아빠도 그렇게 보낸다. 다만 우린 가족이고 아빠와는 아주 안 볼 것도 아니니 평행선을 걷는 상상을 했다. 그렇게 따지면 엄마도 또 다른 평행선 위에 있는 거다. 그리고 가족이라고 모두 다 똑같은 형태여야 하는 건 아니다.

주희처럼 새엄마와 사는 가정도 있고 할머니나 할아버지와 사는 아이도 있고 동그라미, 세모, 네모, 별표 다양한 모양이 있을 수 있는 거다. 반드시 어느 한 가지 모양이 정상이라고 할 수는 없다. 물론 전형적인 모양은 있을 수 있지만 그게 최상이라고 고집할 일은 아니다. 그리고 하늘 아래 모든 것이 다 변하듯 가족도 변한다. 그러니 주눅 들 이유는 없다고 나를 다독여 봤다.

약간 슬프지만, 슬픈 가운데 차라리 어른이 된 기분도 들었다. (슬픔이 나를 성장시키는 기분이랄까? 세상엔 나쁘기만 한 일은 없다고 하니, 슬픔도 자기 몫을 하는 거지.) 이 세상에 영원히 같이 가는 사람은 없다. 누구나 혼자 간다. 혼자 가면서도 서로 바라보면서 얼마든지 사랑하며 살면 된다.

그런 의미에서 스테이크를 썰어 주겠다는 아빠의 호의를 거

절했다. 내가 왼손잡이라 불안해 보인다며 전에는 으레 아빠가 썰어 주곤 했다. 조금 섭섭하다는 표정으로 "왜?" 하고 묻는 아빠에게 호탕하게 웃으면서 말했다.

"내 나이가 몇이게?"

식사를 마칠 무렵 아빠는 여전히 어색해하면서 내게 "해나야, 미안하다."라고 했다. 살면서 처음 들어 보는 대사 같았다. 그동안 미안할 일이 없지는 않았을 텐데, 보통 어른들은 아이들

한테 그런 말 안 하는 편이니까.

전에는 벌컥벌컥 화를 내고도 미안하다는 말을 안 하더니. 웃기게도 갑자기 존중받는 기분이 들었다. 그리고 아빠답지 않게 자아비판까지 했다.

"그런 말 있지. 이번 생은 처음이라고. 그 말처럼 아빠가 결혼도, 아빠 역할도 다 처음이라 부족했던 것 같다. 미안하다."

아빠의 너무나 진솔한 고백에 살짝 울컥했다. 그래서 난 그냥 유머로 퉁 쳤다.

"아빠, 두 번째는 잘할 수 있지?"

내 말에 아빠는 약간 당황하더니 "잘할 수 있어."라고 말했다. 손가락으로 굳이 '오케이' 사인을 보이기에 "굿!"이라 응대하며 웃었지만 속으로는 약간 배가 아팠다. 냉면 그릇 앞에 놓고 어떤 아줌마랑 환하게 웃던 아빠 얼굴이 갑자기 생각나서다.

하지만 이런 정도의 배 아픔은 참고 넘겨야 한다는 걸 안다. 내 아빠이면서 동시에 박호준이라는 남자니까. 아빠 삶을 존중한다. 그리고 어차피 "두 번째도 못할 거 같다."는 답을 들으려던 건 아니었으니까.

아빠랑 헤어지고 집에 오는 길에 이상하게 밤공기가 서늘했다. 그래서인지 하늘에 뜬 달도 냉동고에서 막 꺼낸 것처럼 차가워 보였다. 한여름 밤이 추울 리가 없는데, 공기가 서늘하게 느껴지는 걸 보니 날씨도 마음으로 느끼는 건가 보다. 울음이 나올 뻔했는데 또 나는 나를 도와줬다. '이봐! 해나야, 괜찮아.'라고 나독여 줬다. 그러고 나니 정말 온기가 돈다. 맞다! 온기는 늘 곁에서 서성이고 있다. 내가 부르면 다가온다.

#위로와인정 #원석을캐듯마음을캐자 #슬픔은나를성장시키고
#평행선으로 #가족의모양 #누구나혼자간다 #해나야괜찮아
#곁에서서성이는온기

7월 30일

인생에는 숨어 있다 나와서 가격하는 무서운 복병도 있고, 또 가끔은 골목길 끝에서 안녕? 하고 나타나는 즐거운 반전도 있다. 오늘은 후자다. 어제는 슬펐지만 맨날 슬프지만은 않은 게 인생의 법칙이다. 사탕 통 이론처럼 말이다.

양주희가 찾아왔다. 야심한 시각에 대뜸 전화해 집 앞 놀이터로 나오라길래, 결투라도 하려나 싶어서 맨날 구겨 신던 운동화를 제대로 신고 나갔다. (아니 아니, 사실은 넘 반가워서 튀어 나가느라 뭘 신었는지도 몰랐음.) 처음에 아무 말도 없어서 내가 먼저 "나 서이든이랑 안 사귄다고."라고 말하니까 주희가 "푸하하!" 웃음을 터뜨렸다.

"너 그날 진~짜 웃겼다."

그러면서 서이든한테 초콜릿 던지는 흉내를 냈다. 그러고서 주희가 하는 말이, 자기는 처음부터 서이든하고 아무 상관이 없었단다. 내가 걔랑 사귀는 게 화가 나서 화를 낸 게 아니라며.

주희는 나랑 정말 친해졌다고 생각했는데, 나랑 부둥켜안고 울 때 '정말 우리 둘은 서로 마음이 잘 포개진 친구야.' 그러면서 정말정말 좋았는데, 그게 아닌 나를 알아서 슬펐단다. '나 혼자만 친구라고 생각한 거야?' 이런 배신감에 심장이 반으로 쫙 갈라지는 아픔을 느꼈다고.

그러면서 사과를 반으로 쪼개는 시늉을 해 보이는데 감정이입이 되면서 내 마음도 쪼개지듯 아팠다. 나도 모르게 "미안해." 하며 주희 손을 잡았다.

"까인 이마 네가 또 깐 거라고! 알아?"

다시는 마음을 열지 않고 살 생각이었는데, 내 편지를 읽고 마음이 풀렸단다. 마음에 걸린 빗장이 스르륵 열리더라고. 그리고 외할머니 이야기도 했다. 슬픈 와중에 외할머니까지 돌아가시고 나니 슬픔이 5만 배로 무거워져서 나하고는 말도 섞기 싫었단다. 세상이 다 싫어졌다고도 했다.

눈에 눈물이 고이는 주희를 보니 마음이 또 아파 왔다. 어둠 속인데도 주희 눈동자가 눈물로 반짝였다. 아마 내 눈도 그랬으리라. 나는 주희에게 다가가 어깨를 토닥이며 말했다.

"네 아픔, 내가 나눠 들어 줄게."

나눠 들어 주는 걸 어떻게 하는지는 잘 모르지만 마음에서 그 말이 절로 나왔다. (드라마에서 들은 대사인가?) 내 말에 감동 먹은 주희는 어깨를 들썩이며 울었고 나도 '때는 이때다.' 싶어 어제 못 울고 쟁여 둔 걸 꺼내 울었다. 우리는 또다시 눈물의 연대를 이뤘다. 그러게, 아픔을 나눠 들어 주는 건 공감하는 거라는 사실을 바로 알 것 같았다.

왜 서이든을 포기했는지 묻자 주희가 말했다.

"처음부터 딱히 서이든이라서 좋아한 건 아닌 듯해. 어쩌면 누구를 좋아하는 나를 좋아한 거 같아. 네 말대로 학교에 들어서면 있는 시계탑 보듯이, 누구를 좋아하면서 설레고 하루의 좌표를 거기에 찍고 지낸 거지. 그냥…… 사랑은 받는 이가 없어도 하는 거라며? 누구를 좋아하면서 설레고, 몰라, 우리는 사랑할 나이잖아?"

"그래, 나도 그런 거 같아."

이렇게 서이든은 우리 둘에게 가뿐하고 확실하게 차였다. 왠지 모르게 통쾌했다.

밤이 깊도록 우리는 그동안 쌓인 이야기를 끝도 없이 풀어 내며 노닥였다. 아파트 놀이터 그네를 타면서. 경비 아저씨가 민원 들어왔다며 손전등으로 우리를 비추기 전까지. 마음이 저 깊은 곳부터 온전히 따스해지는 밤이었다. 기쁨이 차오른다는 말이 뭔지 실감 제대로 났다.

주희가 마을버스 타기 전에 "전에 말하려던 내 소원이 뭔 줄 알아?" 하고 내게 물었다. 이든이 얘기가 나올까 봐 내가 입막음을 했던 그 소원은 바로 나랑 오래오래 친하게 해 달라는 거였단다.

소원은 누가 들어주는 게 아니라 우리가 애쓰면서 이뤄 내는 거니까, 될 거라고 난 믿는다. 그렇게 마음먹을 거니까. 마음은 내가 먹는 내 것이니까.

내 이름이 박해나니까. 내일도 해가 날 거야. 내일은 또 다른 오늘일 테고 난 아침에 '오늘도 괜찮기로 마음먹다.'를 외칠 거거든.

오늘 일기 끝!

#안녕_반가워 #나눠들어주기
#차오르는기쁨 #우린사랑할나이 #소원은이뤄내는거
#해나니까해나

에필로그
일기를 마치며

'과거는 흔적을 남긴다.'는 말이 있듯이
하루하루는 그냥 지나가지 않아.
일기를 쓴 덕에 나는 내 하루하루를 목도하고
같은 실수를 반복하지 않으면서
조금씩 성장할 수 있었던 거 같아.

이제 난 예전의 해나가 아니야.
키도 크고 몸도 커졌고
무엇보다 마음의 근육이 생겼으니까.
이런 걸 '성장'이라고 하는 거지?

그렇다면, 내 일기는 나의 성장을 기록한 채록집인 셈이네.

'채록'이라는 말 예쁘지 않아?

필요한 자료를 찾아 모아서 적거나 녹음하는 거래.

나를 들여다보고

내게 일어난 일을 갈무리해서 모아 적고

그러면서 깨달아 앞으로 나아갈 길을 찾을 거야.

이 모든 과정은 내게 필요한 일이니까.

글에는 힘이 있고 기적을 일으킨다는 말이 맞아.

내일도 오늘보다는 하루만큼 더 자랄 테고

더 건강하게 자라야 하니

나의 채록집은 계속 이어질 거야.

모두 모두 안녕! 시 유 어게인!

굿 럭!

마음과 마음이 연결되는 순간,
우정의 시작점

박진영(심리학자, 작가)

나보다 나를 더 잘 돌봐 주었던 존재들

살면서 힘들었던 순간을 돌아보면 항상 나를 살게 했던 것은 친구들이었다. 집안 경제 사정이 악화되고 각종 폭력들 속에서 하루하루가 지독하게 외로웠을 때, 가파른 계단을 멍하니 내려다보고 있던 나에게 다가와 손을 꼬옥 잡아 주던 친구가 있었다. 그 손의 온기를 아직 기억하고 있다.

이외에도 잦은 전학으로 인해 낯선 환경들이 무서웠을 때 먼저 다가와서 말을 걸어 주었던 친구, 멀리 이사 갔는데도 계속해서 편지와 함께 귀여운 스티커들을 잔뜩 보내 주던 친구,『열일곱, 오늘도 괜찮기로 마음먹다』의 주인공 해나가 겪었던 것처럼 부모님의 이혼으로 인해 힘들었을 때 솔직하게 말은 못 하고 괜히 투정만 부리던 나를 받아 주었던 것 또한 친구였다. 이후에도 양육자에게도 쉽게 털어놓지 못하는 연애와 입시 스트레스, 진로 고민 등 내 삶의 모든 굵직한 고민들을 함께 생각해 주고 힘을 북돋아 주었던 것 또한 친구들이었다.

고민 끝에 내가 내린 선택의 결과들이 늘 좋았다고는 볼 수 없고 때로는 큰 실수와 실패를 마주하기도 했지만, 혼자서는 일어날 수 없을 것만 같았던 순간들마다 손 내밀어 나를 일으켜 세워 준 친구들이 있었기에 다시 힘을 내어 걸어갈 수 있었다.

나의 부족함으로 인해 때로는 (해나가 그랬던 것처럼) 친구에게 제때 표현하지 못해서 오해를 사거나, 때로는 내 문제들의 무게로 인해 친구에게 괜히 화풀이를 하거나, 내 마음이 좁은 탓에 친구를 시기, 질투하기도 하는 등 친구들에게 상처를 주는 일도 많았다. 하지만 그럼에도 엄청난 끈기를 가지고 내 곁을 지켜 주는 이들이 있었다. 입장을 바꿔서 만약 내가 그들이었다면 나와의 관계를 끊고 싶다는 생각을 했을 것도 같다. 소용돌이처럼 불안정한 나를 나보다 더 잘 이해해 주고 받아들여 준 친구들이 없었다면 나는 불안정한 상태로 남아 일찍이 해체되어 버렸을 지도 모르겠다.

친구 관계란 보통 혈연이나 결혼 제도 같은 구속력 없이 느슨하고, 사는 동네가 같거나 같은 학교에 다녔다는 정도의 우연으로 시작된 만남들이다. 연인처럼 뜨거운 사랑으로 불타지도 않는다.

하지만 어째서인지 지나가는 1인같이 상관없는 사람들로 남지 않고 우리의 삶에 큰 의미를 가진 존재가 된다. 이렇게 느슨하고 우연적이기 때문에, 또 이익과 무관한 관계이기 때문에 어떤 사람과 마음을 나누는 친구가 된다는 것은 기적에 가깝다. 굳이 서로에게 많은 시간과 노력을 투자해야 할 분명한 이유가 존재하지 않기 때문이다. 어느새 다가와서 내게 과분한 사랑을 부어 주는 사람, 남이지만 내 삶의 큰 부분을 차지하게 된 사람이 있다면 우리는 삶이 선사할 수 있는 가장 큰 선물을 가진 셈이다. 해나와 주희 또한 서로에게 있어 큰 선물 같은 존재일 것이다.

관계의 울퉁불퉁한 굴곡 또한 자연스러운 일

일반적으로 친한 친구들 사이에서는 다섯 가지의 특성이 나타나곤 한다. 유사성, 상호성, 낮은 지배성, 호감·정서적 친밀성,

충성도가 그것이다. 첫 번째로, '유사성'은 관심사와 가치관, 정체성이 비슷하다. 서로 다른 사람이기에 필연적으로 큰 차이점 또한 보이지만 중요한 가치관이나 특징 몇 가지를 서로 공유하는 편이다. 물론 그렇지 않다고 해서 친구가 되지 못하는 것은 아니다. 다만 함께 공감하고 공유할 게 많은 사람들이 서로에게 호감을 느끼기 쉬운 편이다.

'상호성'은 한쪽이 다른 한쪽에게 일방적으로 퍼 주거나 받기만 하는 관계가 아님을 의미한다. 짝사랑이나 동경, 팬심처럼 관심이 향하는 방향과 정도가 일방적이라기보다 서로서로 존중하는 관계이다. '낮은 지배성'은 서로 힘겨루기를 하거나 한쪽이 다른 한쪽에게 권력적으로 우위에 있지 않음 나타낸다. '호감·정서적 친밀성'은 상대방에게 호감이 있고 서로 간에 친밀함을 느끼며, '충성도'는 서로를 믿고 의지할 수 있음을 뜻한다.

그리고 이는 작품 속 해나와 주희가 관계를 쌓아 나가는 과정을 통해 매끄럽게 드러나고 있다. 해나와 주희 또한 쉽게 말 못할 가정사가 있는 것이나 이든이에게 둘 다 관심을 갖고 있는 점 등 누구보다 서로를 잘 이해할 수 있는 공감대가 존재한다. 주희의 사정을 알고 자신만 집안 사정에 대한 고민을 가지고 있었던 것이 아니라는 점에서 위로를 받은 해나처럼, 또 해나에게 자기 이야기를 털어놓을 수 있었던 주희처럼 이 둘은 서로 깊은 감정을 교류하며 친밀한 관계를 만들어 간다. 서로를 존중하고 또 믿고 의지하기에, 상대에게 말 못 할 큰 비밀을 만들어서는 안 된다고 생각한다. 하지만 해나가 상황을 설명한 타이밍을 놓친 탓에 주희가 배신감을 느끼게 되고 여기에서 갈등이 발생한다.

친구 관계에서는 항상 좋은 일만 있어야 할 것 같지만 안타깝게도 갈등 또한 자연스럽고 당연하게 발생한다. 배신감이란 믿었던 사람을 향해 생기는 것이고 슬픔 또한 소중한 존재를 잃었을 때 생기는 일이다. 즉, 어떤 사람을 신뢰하고 소중하게 여길수록 우리는 필연적으로 작은 틀어짐과 오해에도 큰 상처를 입게 된다. 사랑과 아픔은 함께 존재할 수밖에 없는 관계라는 것이다. 그러므로 친밀한 관계를 만든다는 것은 곧 아픔을 만드는 것과 같다.

하지만 안타깝게도 '친한 친구라면 절대 나를 상처입히거나 갈등을 만들어서는 안 된다.'라고 생각할수록 그렇지 않은 사람들에 비해 친구가 (나도 얼마든지 할 수 있는) 실수를 하거나, 또는 때로는 나에게도 말하기 어려운 사정이 있을 수 있음에도 쉽게 친구를 오해하고 포기하는 경향을 보인다.

입장을 조금 바꿔서 생각해 보면 어떨까. 내 친구들 또한 나 때문에 괴로웠던 순간들이 분명히 존재할 것이다. 눈치가 없거나 둔하고, 내 마음을 잘 표현하지 못하는 나 때문에 친구들이 나를 오해할 만한 순간들도 분명 존재했을 것이다. 친구들이 그

때마다 나를 포기하고 나에게서 멀어져 갔다면, 우리에게는 친구가 하나도 남지 않았을 것이다.

삶을 밝혀 주는 나만의 등대를 만날 수 있다면

자신을 외면하는 주희의 태도 때문에 상처를 받은 해나 또한 처음에는 주희가 너무하다고 생각하지만 곧 주희에게도 어떤 사정이 있었다는 사정을 알고, 주희의 행동을 이해하게 된다. 우리는 자신이 어떤 행동을 하게 된 데에는 다양한 이유가 있지만 상대방이 그런 행동을 한 이유는 상대방이 그런 사람이기 때문이라고 쉽게 단정짓곤 한다. 예컨대 내가 지각을 한 것은 그날따라 피곤해서, 집안에 일이 있어서, 버스가 늦게 와서 등 어쩔 수 없는 이유가 있었기 때문이지만 다른 사람이 지각을 한 이유는 그가 원래 게으른 사람이기 때문이라고 쉽게 생각한다. 하지만 나에게 많은 사정이 존재하듯, 다른 사람들 또한 그러하다는 사실을 기억해야 한다.

그렇기 때문에 상대방이 하는 행동이 전혀 이해가 안 가고 나를 상처입히기 위해서 일부러 그러는 거라는 생각이 들 때에도, 그렇지 않을 가능성에 대해서 생각해야 한다. 내가 상상하지 못한 어려운 일이 그 사람의 발목을 잡고 있을 수 있다. 최대한 그 사람의 이야기를 들어 보고 그 사람의 입장을 이해하도록 노력해야 한다. 그럴 때 비로소 우리는 이해의 벽을 넘어 마음과 마음이 이어진 깊은 관계를 만들 수 있다. 주희와 해나가 갈등을 넘어 더욱 깊은 관계가 된 것처럼, 내가 누군가를 이해함으로써 그 사람의 삶에 있어 큰 의미가 될 수 있다는 것은 멋진 일이다.

마음과 마음이 이어지는 경험만큼 사람을 한 단계 높이 성장시키는 것이 없다. 세상은 결국 사람들이 모여 만들어 가는 것이다. 사람을 이해하는 폭이 넓어질수록 세상을 보는 눈 또한 확장된다. 하지만 안타깝게도 한국에서는 청소년도 학년이 높아질수록 관계보다 물질적 가치가 더 행복에 있어 중요하다고 생각하는 경향이 나타난다. 하지만 수십 년간의 행복 연구 끝에 행복에 있어 가장 중요한 것으로 확인된 요소는 다름 아닌 양질의 인간관계였다.

물질적으로 풍요로운가의 여부는 행복을 결정하지 못하지만, 마음을 털어놓고 의지할 수 있는 친구가 있는지의 여부는 행복에 결정적인 영향을 미친다. 행복한 사람들의 비결은 마음과 마음이 연결되어 있는 좋은 친구를 적어도 하나쯤은 가지고 있다는 것. 또한 행복의 가장 큰 적은 외로움이고 외로운 사람들의 경우 그렇지 않은 사람들에 비해 사망의 주요 원인이 되는 각종 질병에 걸릴 확률이 높다. 같은 병에 걸려도 예후가 좋지 않은 편이기도 하다. 좋은 인간관계는 행복과 건강에 있어 매우 중요한 역할을 한다는 사실을 알 수 있다.

이런 점에서 좋은 친구란 행복한 삶을 살기 위한 지름길이기도 하다. 『열일곱, 오늘도 괜찮기로 마음먹다』를 읽으며 이 사실을 다시금 발견할 수 있었다. 해나는 이든의 존재를 알게 된 후 짝사랑에 설레다가, 썸에서 연애로 관계가 발전되고, 그 과정에서 뜻하지 않게 사랑과 우정 사이에서 갈등을 겪기도 한다. 해나가 겪어 나간 주된 사건은 이든과 얽혀 있지만 그 틈을 비집고 들어오는 가족 간의 갈등이나 성적에 대한 고민, 자기 자신을 향한 불안과 자책을 털어놓을 수 있는 마음의 통로는 언제나 '주희'와 맞닿아 있었다. 내가 어디서 무엇을 하는지는 언제나 바뀔 수 있고 때에 따라 일이 잘 풀릴 수도 혹은 그렇지 않을 수도 있지만, 좋은 친구의 존재는 항상 든든하게 내 삶을 밝혀 주는 등대와 같다는 사실을 기억해 보자.

해나의 다이어리

열일곱, 오늘도 괜찮기로 마음먹다

1판 1쇄 발행 2023년 8월 10일
1판 2쇄 발행 2024년 4월 30일

지은이   박하령

편집   이혜재
제작   세걸음

펴낸이   이혜재
펴낸곳   책폴
출판등록 제2021-000034호
전화   031-947-9390
팩스   0303-3447-9390
전자우편 jumping_books@naver.com

ISBN 979-11-93162-02-6 (43810)

너와 나, 작고 큰 꿈을 안고 책으로 폴짝 빠져드는 순간
책폴

블로그   blog.naver.com/jumping_books
인스타그램 @jumping_books

이 도서는 2023 경기도 우수출판물 제작지원 사업 선정작입니다.